경계의 푸른 얼굴들

핌 소설 시리즈 02
최유경 소설

출판사 핌

경계이 풀든 헐거운 풀들

이 작품집은 한국문화예술위원회 2024년도 예술단체의
예비예술인 최초발표지원을 통해 제작되었습니다.

푸른 얼굴들은 발목 높이까지 차오른 물을 헤치며 걷고 있었다. 한 걸음씩 내디딜 때마다 찰바닥거리는 소리가 겹겹이 울려 퍼졌다. 아직 해가 뜨지 않아 온 사방이 칠흑처럼 어두운 가운데, 맨 앞에 선 길잡이가 희미한 조명을 들고 무리를 이끌었다. 뒤따르는 사람들의 움직임에는 망설이는 기색이 조금도 보이지 않았다. 밤눈이 밝고 슬기로운 길잡이 만을 향한 신뢰 덕분이었다.

발걸음을 재촉하던 만의 뒤에서 헛구역질 소리가 들렸다. 이제 막 만과 푸른 얼굴들이 진입한 길목에서는 퀴퀴한 비린내와 정체를 알 수 없는 악취가 풍겼다. 곳곳에 고여 있는 썩은 물웅덩이 때문이었다. 길잡이 경험이 많은 만조차도 견디기 어려운 냄새였다. 그럼에도 이 길을 택한 이유는 다음 구역으로 이동할 수 있는 가장 빠른 방법이기 때문이다. 만은 느리게 호흡하며 헐거워진 마스크를 고쳐 썼다. 물론 의미 없는 행동이었다. 거친 모래 먼지도 제대로 막아 주지 못할 만큼 낡아 빠진 마스크였으니까.

만은 지난 수십 년간 행상 일을 했다. 구역민들이 원하는 물건이나 정보를 구해 주는 일이었다. 구역 안에서는 법적으로 소지할 수 없는 물건, 구역 바깥에서만 구할 수 있는 물건 혹은 다른 구역이나 특정인에 대한 기밀 정보 따위를 팔아넘겼다. 매번 위험을 감수하며 돈을 벌었다. 만이 처음 일을 시작했을 때와 달리 푸른 얼굴을 멸시하는 사람들마저 만을 우습게 보지 않았다.

구역 난민 중 부유한 사람들은 기부 이민을 신청하는 경우가 더러 있었다. 하지만 만은 그 돈을 자신의 안위를 챙기는 데 쓰기보다 함께 유랑하는 공동체 식구들을 위해 쓰기를 원했다. 그래서 만의 푸른 얼굴 공동체는 가장 어리고 약한 사람들부터 챙겼다. 그러고 나면 정작 만에게는 아무것도 남지 않았다. 하지만 만은 자신의 선택을 한 번도 후회하지 않았다.

만의 뒤로는 깨끗하고 튼튼한 마스크와 방호복을 착용한 아이 세 명과 푸른 얼굴들이 따라오고 있었다.

아이들이 이 무리에 합류하게 된 건 오 년 전이다. 당시 만은 다른 곳에서 활동하고 있는 푸른 얼굴들에게 동쪽 산간 지역에 있는 한 구역이 폐쇄되었다는 소식을 듣고 곧장 그곳으로 갔다. 운이 좋다면 추방된 구역민들이 미처 챙기지 못한 식량과 희귀한 물품을 얻을 수 있기 때문이었다. 입구는 굳게 잠겨 있었지만 행상 경력 삼십 년이 넘는 만에게 이 정도 보안을 뚫는 건 쉬운 일이었다.

만은 구석에서 물건을 챙기다가 바닥에 웅크리고 누워 있는 아이들을 발견했다. 모두 꾀죄하고 수척해 보이는 몰골이었다. 주변을 살폈지만 어른은 단 한 명도 보이지 않았다. 만은 한숨을 내쉬었다. 굳이 물어보지 않아도 세 아이가 어떤 일을 겪었는지 짐작할 수 있었다. 구역이 폐쇄되면 아이들을 버리고 도망치는 사람들이 꼭 있었다. 아니면 혼란 속에서 서로를 잃어버렸을지도 모른다. 만은 차라리 후자이길 바랐다. 부모에게 버림받았다는 사실을 받아들이기에는 아이들이 너무 어렸기 때문이다.

그중 맏이로 보이는 소년이 벌떡 일어나 만에게 성큼 다가왔다. 구역이 폐쇄되지 않았다면 이제 막 기초 교육을 수료했을 나이였다. 소년의 얼굴은 갓 사춘기에 접어든 것처럼 앳돼 보였지만, 깊고 푸른 눈은 형형한 빛을 뿜어내고 있었다.

"당신은 푸른 얼굴이군요. 구역이 폐쇄된 후 수많은 사람이 이곳을 다녀갔어요. 대부분 당신 같은 푸른 얼굴이었죠. 푸른 얼굴들은 구역 밖에서도 생존할 수 있다면서요?"

"그래. 우린 뜨겁고 거친 대지 위에서 생존하는 방법을 배웠거든."

"저 애들은 제 동생이에요. 저와 동생들을 바깥으로 데려
가 주실 수 있나요?"

간절함이 가득 담긴 소년의 눈빛이 만에게 꽂혔다. 아
무도 자신들에게 손을 내밀지 않았다는 말이 만의 마음을
무겁게 했다. 아이들의 딱한 사정이 눈에 훤했다. 하지만
푸른 얼굴 공동체를 이끄는 지도자로서 무턱대고 인원을
늘릴 수는 없는 노릇이었다. 식량은 한정되어 있고, 점차
어려워지는 자원 수급에 모두가 힘겨운 시기를 보내고 있
는 탓이었다. 생각에 잠긴 만의 얼굴을 불안하게 바라보
던 소년은 다급한 목소리로 말했다.

"제 이름은 강이에요. 전 어릴 때부터 친구들 중 키가 제
일 컸어요. 힘도 세서 아버지가 일하시는 곳에 따라가 작
업을 도울 때도 많았죠. 구역 밖이 호락호락하지 않다는
건 알고 있어요. 하지만 여기에 남아 봤자 죽는 건 마찬가
지일 거예요. 짐이 되지 않도록 노력할게요."

소년의 간곡한 부탁에도 만은 냉정하게 고개를 저었다.
유랑하는 동안 중요하게 관리해야 할 것은 물자만이 아니
었다. 아이들의 생존 가능성, 그것이 더 큰 문제였다. 구역
에서만 살던 아이들은 위험한 바깥 생활을 버텨 내지 못하
고 금방 목숨을 잃는 경우가 허다했다. 혹여 살아남더라도
이 낯선 공동체에 잘 적응할 수 있을지 의문이었다. 그나

마 소년은 몸이 튼튼해 보였지만 그의 동생들은 그렇지 못했다.

"네 말대로 넌 우리에게 도움이 될 것 같구나. 하지만 우리도 상황이 좋지는 않아. 모두가 한 끼 식사를 걱정해야 할 만큼 식량도 부족하고, 잠자리도 넉넉하지 않지. 너희 셋이 합류하게 되면…… 솔직히 말해서 걱정이 앞서는구나."

만의 대답에 소년의 얼굴이 금세 실망으로 물들었다. 하지만 소년은 쉽게 포기할 생각이 없었다. 만이 강한 인상을 가지긴 했지만 실상 마음은 약한 사람이라는 걸 꿰뚫어 본 듯했다.

"알아요. 쉽지 않은 부탁이죠. 하지만 저희는 정말 갈 곳이 없어요. 저 아이들은 아직 일곱 살밖에 안 됐어요. 여기에 남겨진다면 저희는……."

소년은 차마 말을 잇지 못하고 고개를 떨구었다. 당당하던 눈에 물기가 차올랐다. 만은 착잡한 마음에 시선을 다른 곳으로 돌렸다.

"저희는 뭐든지 할 수 있어요. 밥도 조금만 먹고 일도 열심히 하겠습니다. 동생들도 잘 가르칠게요. 제발 저희를 버리지 말아주세요."

소년은 무릎을 꿇고 만을 올려다보았다. 지도자는 사사로운 감정에 휘둘리면 안 된다는 걸 잘 알고 있었지만, 만은 힘없이 늘어진 아이의 작은 어깨를 외면할 수 없었다.

만은 주먹을 꽉 쥐었다.

　그때였다.

　"만."

　만은 뒤를 돌아보았다. 그의 오랜 친구이자 조언자인 호수였다. 만과 호수는 구역 난민 출신 푸른 얼굴이라는 공통점이 있었다. 그만큼 서로에게 든든한 버팀목이 되어 주는 사이였다. 호수는 걱정스러운 눈빛으로 아이들을 바라보며 만에게 다가왔다. 아이들의 시선이 호수에게 향했다. 만은 아이들에게 대화 소리가 들리지 않게 자리를 옮겼다.

　호수는 말을 잇지 못하고 잠시 침묵했다. 공동체를 먼저 생각하는 만의 고뇌를 이해했기 때문이다. 하지만 이내 완곡한 어조로 만을 설득했다.

　"우리도 혼자였던 시절이 있었잖아. 아무도 우리에게 손 내밀어 주지 않았을 때 서로 기대면서 겨우 버텼지."

　"어떻게 잊을 수 있겠어. 우리 둘만 있다면 바로 거둬들였겠지. 하지만 지금은 상황이 달라. 우리가 저 아이들까지 책임질 수 있을 거라고 생각해? 아무리 생각해 봐도 무모해."

　만은 호수에게 속삭였다.

　"만, 옛날 일이 떠오르지 않아? 우리가 처음 푸른 얼굴 무리에 들어왔을 때 말이야. 주기적으로 장비를 교체할 만큼 여유가 생긴 지금과 달리 참 어려운 시절이었어. 그런

데도 나목 님께서는 우리를 외면하지 않고 거둬 주셨지."

오랜만에 듣는 그리운 이름이었다. 나목은 만에게 지도자 자리를 물려준 선대 푸른 얼굴이었다. 만은 좀 전보다 누그러진 표정으로 호수의 깊은 초록색 눈동자를 응시했다.

"우린 그때 너무 어렸어. 다른 푸른 얼굴들과 달리 제 몫을 하지 못했지. 심지어 거기에는 우리보다 훨씬 더 어린 푸른 얼굴들도 있었는데, 기억나? 우린 그 아이들보다 못했어. 조금만 걸어도 뜨거운 모래에 발바닥이 다 까져서 엉엉 울었지. 우리는 그들처럼 타고난 푸른 얼굴이 아니었으니까. 그래도 나목 님께서 우리를 끝까지 믿고 기다려 주신 덕분에 어엿한 푸른 얼굴로 거듭날 수 있었어. 그러고 몇 년 지나서 은우가 들어왔어. 지금은 최고의 흥정꾼이지만 처음 왔을 때만 해도 멋모르는 풋내기였잖아. 은우가 들어온 날, 나는 나목 님에게 달려가서 따졌어. 나목 님은 현실을 모르는 이상주의자이신 것 같다. 지금의 물자 상황으로는 저 아이까지 감당할 수 없다. 하지만 늘 그랬듯 나목 님은……."

"뜻을 바꾸지 않으셨지."

만은 저 멀리서 물건을 챙기고 있는 은우의 뒷모습을 물끄러미 바라보았다. 은우는 원래 살던 구역에서도 손에 꼽을 만큼 부유한 집안 출신이었다. 원래대로라면 살던 구역이 폐쇄되어도 문제없이 다른 곳으로 이주할 수 있었을 것이다. 하지만 이민 브로커에게 사기를 당하는 바람에 하루아침에 빚쟁이에게 쫓기는 신세가 되었다. 귀하게 자란 탓에 무리에 합류한 후 야생에 적응하지 못해 많은 사람들의 속을 썩이던 아이였다. 그런 은우의 진가가 드러난 것은 구역 암시장에 들렀을 때였다. 은우는 헐값에 팔리고 있는 낡은 장신구들을 보고 저건 꼭 가져와야 한다고 고집을 부렸다. 알고 보니 한 시대를 풍미했던 장인의 작품이었다. 그 후로 은우는 귀한 물건을 감정하는 일을 맡게 되었다. 은우는 어디서든지 자기만 아는 귀한 물건을 찾아내고 의기양양한 표정을 지었다. 게다가 푸른 얼굴들을 은근히 낮잡아 보는 구역민들 앞에서도 기죽지 않고 흥정을 잘했다. 만은 그 모습을 떠올리며 풋 웃었다. 단언컨대 은우를 대체할 수 있는 사람은 아무도 없었다.

"만, 네 걱정은 이해해. 내게도 생각이 있어. 내가 물자를 관리하고 있잖아. 이 일을 맡은 후로 문제가 생긴 적은 한 번도 없었어. 나를 믿어."

호수의 목소리에 힘이 실렸다. 호수는 만의 어깨를 부드럽게 감싸 쥐었다. 언제 온 건지 은우와 다른 푸른 얼굴들도 호수의 곁에 서서 고개를 끄덕였다. 만은 가볍게 한숨을 내쉰 후 미소 지었다. 호수의 말이 옳았다. 푸른 얼굴 공동체는 풍족했던 적이 없었다. 오히려 부족한 환경 속에서 서로를 의지하며 살아왔다. 만 자신도 힘겨운 상황에 놓여 누군가의 도움을 간절히 바라던 때가 있었다. 만약 나목이 만과 호수를 거둬 주지 않았다면 경계를 전전하다가 굶주림으로 죽고 말았을 것이다.

만은 푸른 얼굴들과 함께 소년과 아이들이 있는 자리로 돌아갔다. 소년의 팔을 꼭 붙잡은 아이들은 불안한 눈빛으로 만을 바라보았다. 볼에는 말라붙은 눈물 자국이 선명했다. 만은 여전히 이 아이들의 미래를 확신할 수 없었지만, 호수의 말과 옛 기억은 불확실한 미래까지 감당하겠다는 용기를 가지게 해 주었다.

"내 이름은 만이란다. 너희들은 이름이 뭐니?"

"저는 해수예요. 얘는 해준이고요."

소년은 쌍둥이 동생들을 내려다보며 안도의 미소를 지었다.

걱정과 달리 아이들은 유랑 생활에 금방 적응했다. 강은 여느 푸른 얼굴들보다 더 듬직한 청년으로 자랐다. 강은 푸른 얼굴과 관련된 일이라면 모르는 게 없었다. 먼 훗날 만이 지도자 자리에서 물러난다면 푸른 얼굴들은 망설임 없이 강을 추대할 것이다. 그만큼 강은 푸른 얼굴들에게 신뢰받는 인물이 되었다. 어린 소년이 언제 저렇게 컸는지, 만은 부쩍 자란 강을 볼 때마다 감회가 새로웠다.

만은 상념을 뿌리치고 다시 앞을 보았다. 문득 불안한 기분이 들어 동쪽 하늘을 올려다보니, 햇살이 회뿌연 안개 사이로 비쳐 들고 있었다. 어둠에 잠겨 있던 녹슨 철골과 빛바랜 건물들이 희미하게 드러났다. 만의 이마에서 땀방울이 흘러내려 끈적하게 목덜미를 적셨다. 낡은 방호복이 땀으로 축축하게 젖어 몸에 달라붙었다. 해가 뜨기 전 구역에 도착한다는 계획이 무너졌다. 낭패였다. 만은 뒤를 돌아보았다. 모두 땀범벅이 되어 지쳐 있었다. 강은 자기 팔에 매달린 아이들을 살피기에 바빴다.

"아이들이 지쳤어요. 얼마나 더 가야 할까요?"

강이 작은 목소리로 물었다. 만은 걱정스러운 눈빛으로 아이들의 머리를 쓰다듬었다. 지금처럼 지표면이 달궈지기 시작하는 시간을 가장 경계해야 한다. 해가 완전히 떠오르면 중금속 먼지 폭풍이 몰아칠 것이다. 낡은 방호복으로는 거센 폭풍을 견딜 수 없다. 만은 순식간에 상황이 악화되었음을 알아차렸다. 시간이 없었다.

"다음 구역까지 얼마 남지 않았어. 여기서 지체해 봤자 너희가 편히 쉴 수 있는 시간이 줄어들 뿐이야."

"해수는 거의 쓰러지기 직전이에요. 어제까지만 해도 기운이 넘쳤는데……."

만은 다시 아이들을 살폈다. 해수가 창백한 낯으로 색색거리고 있었다.

"확실히 상태가 안 좋긴 하구나. 잠시 쉬었다 가자."

만은 가방에서 물통을 꺼내 해수에게 물을 조금씩 먹였

다. 감질날 만큼 적은 양이었지만, 다행히 해수는 기운을 차리고 일어났다. 상태가 회복된 것을 확인한 만은 다시 짐을 챙겨 대열을 정비했다. 조금만 더 이동하면 구역에 도착할 수 있다.

만은 암울한 미래를 떠올리자 마음이 무거워졌다. 아이들이 감당하기에는 가혹한 현실이었다. 만은 여덟 살에 고향이 붕괴되는 것을 지켜봤다. 만이 살던 곳은 다른 구역에 비해 작고 초라했다. 자원을 둘러싼 치열한 다툼 속에서 구역은 점차 경쟁력을 잃었다. 비상시를 대비한 기초 전력마저 바닥나자 구역 폐쇄는 시간 문제였다. 형편이 넉넉한 사람들은 돈으로, 혹은 특허 기술을 팔아 다른 구역으로 이주할 기회를 얻었다. 반면 만의 부모는 자랑할 것 하나 없는 평범한 구역민이었다. 결국 만의 가족은 어느 구역에서도 받아 주지 않는 찬밥 신세가 되어 떠돌이 생활을 시작할 수밖에 없었다.

만의 가족은 구역 경계에 다다랐다. 구역 경계는 일자리를 찾기 쉬워 난민들이 자연스레 모여드는 곳이었다. 이곳에서 말로만 듣던 푸른 얼굴을 처음 마주했다. 그들은 보통 사람들과는 확연히 다른 외양을 갖고 있었다. 볕에 그을린 붉은 피부 위로 중금속 먼지가 남긴 푸른 반점들은 기묘한 아름다움을 자아냈다. 푸른 얼굴들은 먼 옛날 인공 생태계가 조성된 구역에 도시가 건설될 때 도시 밖에 남겨진 이들의 후손이었다. 그 시절에는 '푸른 얼굴'이 아닌 '외인'이라는 이름으로 불렸다. 푸른 얼굴들은 황폐해진 세상 속에서 강인하게 살아남은 자신들의 외인 혈통을 자랑스럽게 여겼다. 구역에 기대는 것은 수치라 생각했다. 바깥 세상에서 살아남은 자들이 자신들처럼 외모가 변한다는 사실조차 인정하지 않았다.

하지만 시간이 흐르면서 늘 굳건할 것 같았던 푸른 얼굴들의 생각에 변화가 생겼다. 구역 바깥 환경이 급격히 악화된 것이 주요 원인이었다. 길잡이가 될 만큼 노련한 푸른 얼굴들마저 버티기 힘들 정도였다. 구역에 의존할 수밖에 없게 된 그들의 삶에는 알 수 없는 공포가 깊이 파고들었다. 벼랑 끝에 선 푸른 얼굴들은 순수 혈통에 대한 고집을 버리고 폐쇄된 구역에서 떠밀려 온 난민들에게 손을 내밀었다. 구역에 대한 지식이 있는 사람들과 힘을 합치기 위해서였다. 그중 하나가 만의 가족이었다.

새로운 푸른 얼굴 공동체는 구역민에게 필요한 것을 제공하며 공존의 길을 모색했다. 쉴 곳을 찾거나 생존에 필요한 물품을 거래하는 푸른 얼굴들은 이제 낯선 존재가 아니었다. 불과 오십 년 전만 해도 이들은 누군가 지어낸 이야기에나 나오는 미지의 존재였지만, 이제는 구역 경계뿐만 아니라 구역 안에서도 이들을 쉽게 찾아볼 수 있었다. 어떤 이들은 구역을 떠돌며 공연을 열었고, 또 다른 이들은 바깥에서만 구할 수 있는 귀한 물건이나 은밀한 소문을 전달하며 구역민들의 삶을 지탱했다. 합법과 불법의 경계를 넘나들며 비밀스러운 일에 가담하는 무리도 있었다. 이제 구역 안에서 푸른 얼굴의 손길이 닿지 않는 곳은 없었다.

그러나 푸른 얼굴은 여전히 경계와 혐오의 대상이었다. 구역민이 보기에 푸른 얼굴은 오염된 존재이자, 언제 닥칠지 모르는 두려운 가능성을 상징하는 존재였기 때문이다. 한번 찍힌 낙인을 지워 내는 것은 불가능에 가까웠다.

"공연을 보러 가는 건 괜찮지만 그 사람들한테 너무 가까이 가면 안 돼."

"생긴 게 너무 징그럽지 않아?"

"바깥에서 온 사람들을 어떻게 믿니."

구역 사람들의 멸시 어린 시선 속에서 푸른 얼굴들은 점점 위축되었고, 한때 자긍심의 상징이었던 푸른 반점은 부끄러운 낙인으로 변했다.

"만, 자존심과 맞바꾼 삶에 무슨 의미가 있다고 생각하나?"

나이 든 푸른 얼굴 중 하나가 만에게 의미심장한 질문을 던졌다. 다음 날 그는 홀연히 사라졌다. 만은 착잡한 심경에 홀로 생각에 잠겼다. 그의 선택을 비난하는 사람도 있었지만, 만에게는 아주 이해 못할 일은 아니었다. 비록 뙤약볕 아래서 대대로 이어져 온 외인의 혈통을 물려받지는 못했지만, 만은 푸른 얼굴 공동체에 합류하고 새로운 가족들과 생활하면서 푸른 얼굴의 정체성을 체득했다. 고향의 상실로 시작된 삶이지만, 아이러니하게도 푸른 얼굴이라는 정체성은 만에게 자긍심을 안겨 주었다.

푸른 얼굴이라는 이유로, 구역 난민이라는 이유로 멸시받을 때면 마음 한구석이 무너져 내리는 것 같았지만 만은 매번 마음을 다잡았다. 자신을 믿고 따르는 사람들을 책임져야 했다. 만은 목숨을 걸고 구역을 오가며 바깥에서만 구할 수 있는 귀한 수집품부터 구역 간 경쟁에서 우위를 차지하기 위한 정보까지 닥치는 대로 배달했다. 구역민들의 만족도는 푸른 얼굴 공동체의 생존과 직결되었다. 구역에 머물 수 있는 시간이 늘어날 뿐 아니라, 구역에 남고 싶어 하는 어린 푸른 얼굴들에게 망명의 기회를 제공할 수도 있었다.

만의 머릿속이 고민들로 시끄러웠다. 그때 지평선 너머로 익숙한 구역 입구의 윤곽이 어렴풋이 드러났다.

"저기다!"

한 푸른 얼굴의 외침에 모두 고개를 들었다. 만은 안도하며 굳었던 어깨를 늘어뜨렸다. 다행히 그들은 폭풍이 닥치기 전 무사히 구역에 도착할 수 있었다. 하지만 검역소를 통과하기 전까지는 안심할 수 없었다. 체류 자격을 얻기 위해서는 검역소에서 구역 출입 승인을 받아야 했다.

"아직 안심하긴 일러. 검역소에 들어가기 전에 물건 상태를 꼼꼼하게 확인해라."

만은 푸른 얼굴들을 이끌고 검역소로 향했다. 그들은 대부분 구역 내 반입 금지 품목을 운반했지만, 관리자조차 필요에 의해 푸른 얼굴을 찾았다. 이들은 수색 중 금지 물품이 발견되어도 모른 척 눈감아 주곤 했지만, 이런 특별 대우가 언제까지 이어질지 알 수 없었다. 이 때문에 만은 모두 안도하고 있을 때조차 긴장의 끈을 놓지 않았다. 오늘도 만은 평소처럼 날카로운 눈빛으로 주변을 훑었다. 점검을 마친 만이 턱짓을 하자 푸른 얼굴들은 수레에 있는 꾸러미와 각자 멘 가방을 검색대에 내려놓았다.

"이 정도 양이면 삼 주 정도는 머물 수 있겠어요."

강은 만을 보며 웃었지만, 만은 그 미소에 화답하지 못했다.

'관리자가 바뀌었다는 이야기는 못 들었는데…….'

만의 심장이 쿵쾅거렸다. 익숙한 얼굴이 모두 사라지고 낯선 관리자가 나타난 것은 특혜가 끝났음을 의미했다. 이전 담당자는 뇌물을 노골적으로 요구하긴 했지만 의도가 빤히 보여서 상대하기 편했다. 뒷돈만 챙겨 주면 체류 허가를 내줄 뿐 아니라 체류지에서 가장 좋은 자리를 슬쩍 빼돌려 챙겨 주기도 했다.

반면 이 남자는 첫인상부터 깐깐해 보였다. 옷매무새는 흐트러짐이 없었고, 흰 얼굴은 석고처럼 굳어 있었다. 그의 눈이 짐 더미로 향했다. 그는 '취급 주의'라는 문구가 적힌 나무 상자를 거칠게 열어젖혔다. 상자 안에는 독특한 아름다움을 지닌 태피스트리가 가득했다. 빛바랜 천 조각을 겹쳐 붙이고 섬세한 자수를 놓은 솜씨가 예사롭지 않았다. 푸른 얼굴들 사이에서 대대로 전해 내려오는 오래된 공예 기법이라고는 하지만, 지금은 명맥이 다 끊긴 탓에 나이 든 푸른 얼굴들을 제외하면 아는 사람이 거의 없었다. 제작이 까다로운 만큼 구역에서는 상당한 값에 거래되는 물건이었다.

하지만 관리자가 상자에서 꺼내 펼친 태피스트리는 만이 마지막으로 확인했을 때와 전혀 다른 상태였다. 한두 개를 제외하면 모두 검은 얼룩이 묻어 망가져 있었다. 관리자가 눈살을 찌푸렸다.

"제대로 된 물건이 아니잖아. 유명한 행상이라길래 기대했더니 실망스러워도 너무 실망스러운 품질이야. 고작 이런 물건으로 우리 구역과 거래할 수 있을 거라 생각했나?"

관리자는 잠시 말을 멈추고 서류를 뒤적였다.

"기록을 확인해 보니 너희가 가져오는 물품에 대한 검사가 제대로 이루어지지 않았더군. 오늘은 규정대로 철저하게 검사를 진행하겠다."

푸른 얼굴들은 술렁이기 시작했다. 그들의 동요를 눈치챈 만은 재빨리 앞으로 나섰다.

"잠깐만요. 오해하신 것 같습니다. 저희는 규정을 어긴 적이 없습니다. 태피스트리는 운송 중에 훼손된 것 같습니다. 다른 물건들은 문제없을 겁니다."

만은 침착하게 말하려 애썼지만 목소리가 미세하게 떨렸다. 관리자는 만의 말을 들은 체 만 체하며 싸늘한 눈빛으로 그를 쏘아보았다.

"규정은 규정이다. 예외는 없어."

관리자의 냉정한 목소리가 만의 귓전을 때렸다. 그는 만과 푸른 얼굴들을 좁은 검역실에 몰아넣었다. 몇몇은 불안한 듯 서로의 손을 꼭 잡았고, 해수와 해준은 겁에 질려 울음을 터뜨렸다. 강은 아이들을 제 품에 꼭 끌어안았다. 푸른 얼굴들은 관리자의 지시에 따라 한 명씩 검역대에 올랐다. 차가운 금속 스캐너가 푸른 얼굴들의 몸 구석구석을 훑었다. 만이 예상했던 최악의 상황이었다. 밀수품이 발견되는 건 시간 문제였다.

스캐너의 붉은빛이 깜빡였다. 날카로운 경고음이 검역실을 가득 채웠다. 관리자의 입가에 비릿한 미소가 스쳤다.

"역시나."

관리자는 스캐너가 가리키는 푸른 얼굴에게 다가갔다. 젊은 여자였다. 여자는 고개를 아래로 떨구고 바들바들 떨고 있었다.

"이게 뭐지?"

관리자가 여자의 옷 안에서 작은 금속 튜브를 꺼내 들었다. 튜브 안에는 녹색 액체가 담겨 있었다.

"그, 그건……."

여자는 말을 잇지 못했다. 그 액체는 푸른 반점을 일시적으로 잠재우는 약이었다. 푸른 반점은 외인과 구역 난민들처럼 바깥 생활을 오래 한 사람들에게 주로 나타나지만, 오염된 대기에 잠시 노출되어도 생길 수 있었다. 이 약을 부탁한 사람은 구역 난민 출신 남자였다. 삼 년 전, 구역 이주 심사를 앞둔 그는 딸의 푸른 반점을 숨길 약을 구해 달라고 만에게 의뢰했다. 약효가 금방 사라져 약을 주기적으로 복용해야 했기 때문에 거래는 아직까지 이어지고 있었다. 게다가 구역 내에는 약에 대해 아는 사람도 드물어 만이 유일한 거래책이나 다름없었다.

"그건 제 겁니다."

관리자는 만을 싸늘하게 쳐다보았다.

"당신 물건이라고?"

"네, 진통제예요. 바깥 생활을 하다 보면 아이들이 아플 때가 많거든요. 하지만 야생에서는 필요한 약을 구할 수 없다 보니 민간요법을 쓰고 있죠. 잡초를 적당히 조합해서 즙을 짠 거예요. 위험한 물건은 아닙니다. 오기 전에 아이들 상태가 좋지 않다고 해서 넘겨주었는데, 들어오기 전에 정리한다는 걸 깜빡했나 봅니다."

관리자는 만의 말을 믿지 않았다. 그의 눈은 여전히 의심으로 가득 차 있었다.

"사용한 흔적이 전혀 없군. 게다가 이 튜브는 꽤 고급스러워 보여. 소꿉장난 수준에 불과한 약을 담을 물건처럼 보이진 않는데?"

관리자는 튜브를 들어 빛에 비춰 보며 말했다. 여자는 겁에 질려 더욱 몸을 움츠렸다. 만은 흔들리는 눈빛을 감추려 애썼지만 땀으로 젖은 손은 숨길 수 없었다. 두 사람을 싸늘하게 바라보던 관리자는 근처에 있는 검역관을 불러 성분 분석을 지시했다. 만약 여기서 의심스러운 성분이 검출된다면 처벌을 피할 수 없을 것이다. 더 변명해 봤자 의미가 없었다. 체념한 만의 입술이 굳게 닫혔다. 잠시 정적이 흘렀다. 아무 말도 하지 못하고 서 있던 여자가 겨우 입을 열었다.

"구역을 돌아다니면서 주운 공병이에요. 폐품 중에도 은근히 쓸 만한 물건이 많거든요. 이건 아이들에게 줄 약이니까 더 신경 썼고요. 그리고 받아 놓기만 했지 사용하지는 않았어요."

그때 검역관이 튜브를 들고 돌아왔다. 모두의 시선이 그에게 쏠렸다. 기이할 만큼 표정이 없는 여자였다.

"스캔 결과, 인체에 유해한 성분은 검출되지 않았습니다."

"뭐?"

25

"저들이 말한 그대로입니다. 허가 물품 목록에는 없지만, 야생에서 흔히 구할 수 있는 잡초와 비마약성 진통제를 배합한 걸로 보입니다."

"뭔가 석연치 않은데……. 됐다. 가져가도록 해."

관리자는 두 여자를 번갈아 쏘아보더니 만에게 튜브를 던져 주었다.

"다음부터는 이런 의심스러운 물건은 가져오지 않는 게 좋을 거야."

만은 튜브를 받아 들고 옷 주머니에 재빨리 넣었다.

"개별 검역은 끝이다. 하지만 상자에 수상한 물건이 더 있을지도 모르니 꼼꼼히 확인해."

관리자는 딱딱한 목소리로 지시했다. 옷가지, 식량, 생필품……. 푸른 얼굴들이 가져온 물건 전부가 컨베이어 벨트 위에 놓였다. 검역관들은 짐을 하나씩 꺼내 스캐너에 통과시켰다. 푸른 얼굴들은 마지막 하나가 스캐너를 통과할 때까지 숨죽인 채 바라보았다.

마침내 검역관들이 짐 검사를 마쳤다.

"이상 없습니다."

관리자는 검역관을 흘끗 쳐다보더니 고개를 끄덕였다.

"체류를 허가하지."

관리자는 체류 기간과 체류지 주소가 적힌 허가증을 만에게 내밀었다. 체류 기간은 단 일주일이었다. 예상했던 기간보다 짧았지만 처벌을 받지 않은 것만으로도 다행스러운 일이었다. 만과 푸른 얼굴들은 짐을 챙겨 서둘러 검역실을 빠져나왔다.

● 02

긴 하루를 보낸 푸른 얼굴들은 체류지에 도착하자마자 지친 기색이 역력했다. 이번에 머물게 된 숙소는 체류지 가장자리에 있는 허름한 창고였다. 창고는 조명이 하나도 없어 매우 어두컴컴했다. 만이 짐꾸러미에서 야간등을 모두 꺼내 바닥에 내려놓자, 희미한 불빛이 모여 창고 내부를 은은하게 밝혔다.

푸른 얼굴들은 맨바닥에 앉아 서로에게 기대어 잠시 휴식을 취했다. 안도감과 함께 몰려오는 피로에 짐을 대충 던져놓고 일찍 잠자리에 드는 사람도 있었다. 하지만 만은 쉽게 잠들 수 없었다. 호수와 강도 마찬가지였다. 잠들기 어려운 밤이었다. 세 사람은 서로의 눈빛에서 같은 생각을 읽었다. 그들은 조심스럽게 창고를 나와 어둠 속으로 몸을 숨겼다.

"삼 주는 머물 수 있을 거라 생각했는데 겨우 일주일이라니…… 시간이 너무 부족해요."

강은 짧은 체류 기간에 실망한 마음을 감출 수 없었다. 호수도 걱정스러운 표정으로 동의했다.

"어떻게 하는 게 좋을까? 일주일 안에 모든 걸 끝내기엔 시간이 턱없이 부족한데 말이야."

"이 근처에는 아직 폐쇄되지 않은 구역이 많잖아요. 옆 구역에 갈 수는 없을까요? 개방 기간은 아니지만 그곳 사람들은 여기보다 훨씬 호의적이잖아요."

강의 제안에 만은 잠시 침묵을 지키다가 조심스럽게 답했다.

"예전에는 그랬지. 지금은 분위기가 많이 바뀌었어. 우리를 반기지 않을 거야. 게다가 그들과 거래할 만한 물건도 충분하지 않고."

그때 적막을 가르고 익숙한 미성이 들려왔다.

"여기 계셨군요."

놀란 세 사람은 소리가 난 쪽을 향해 몸을 돌렸다. 한 여자가 은은한 빛을 내는 조명을 들고 서 있었다. 낮에 검역소에서 만난 검역관이었다. 뜻밖에도 검역관은 따뜻한 미소를 지어 보였다. 낮에 보았던 무심한 모습은 찾아볼 수 없었다. 그는 만을 바라보며 꾸벅 인사했다.

"낮에 빼앗길 뻔했던 약은 제 딸을 위한 거였어요. 제 남편이 당신에게 부탁했죠. 정말 감사합니다."

검역관은 잠시 숨을 고르고 말을 이었다.

"그리고 이건 약속한 물건이에요."

검역관은 품에서 작은 상자를 꺼내 조심스럽게 만에게 건넸다. 약값 대신 받기로 한 물건이었다. 만은 그가 늦은 밤 체류지까지 찾아온 이유를 짐작할 수 없었다. 약값을 치르기 위해 위험을 무릅쓸 필요는 없었을 텐데.

"여러분, 지금 당장 여기서 나가셔야 해요."

검역관의 목소리에는 긴박감이 묻어 있었다. 세 사람은 혼란스러운 표정으로 검역관을 바라보았다.

"무슨 말씀이시죠?"

강이 물었다.

"저희 남편은 중앙 연구소에서 청소부로 일하고 있어요. 그곳에서 끔찍한 소문이 돌고 있어요. 푸른 얼굴들을 납치해서 잔혹한 실험을 하고 있다는."

검역관의 목소리가 점점 작아졌다.

"남편이 실험실 청소를 하다가 우연히 목격했대요. 푸른 얼굴들이 갇혀 있는 걸요. 그리고 그들에게 무슨 짓을 하는지도요. 입에 담기도 어려울 만큼 무자비한 짓을 하고 있대요. 푸른 얼굴들은 몸이 튼튼해서 실험 대상으로 적격이라더군요. 그들이 쓸모없어지면 다음 희생자는 당신들이 될 가능성이 커요."

검역관의 눈빛에는 분노와 두려움이 서려 있었다. 다른 구역에서 건너온 남자와 결혼해 푸른 반점을 가진 아이를 낳은 그는 푸른 얼굴에 대한 세상의 핍박과 차별이 얼마나 심한지 잘 알고 있었다. 푸른 반점을 가진 사람들이 얼마나 쉽게 위험에 처하는지도.

"설마 어린아이들에게까지 그러지는 않겠죠?"

호수가 두려운 표정으로 묻자 검역관은 슬픈 표정으로 고개를 저었다.

"아무도 안전하지 않아요. 빨리 이곳을 떠나세요. 해 드릴 수 있는 이야기는 이것뿐이네요. 여러분의 선택에 도움이 되길 바라요."

검역관은 짧은 인사를 남기고 어둠 속으로 사라졌다. 세 사람은 충격에 싸여 아무 말도 할 수 없었다. 이 이야기가 사실이라면 당장 이곳을 떠나야 했다.

"갈 만한 곳을 다시 찾아보자. 내일 정보통을 만나면 한번 확인해 보자고."

만의 결연한 목소리가 밤의 고요를 뚫고 나지막이 울려 퍼졌다. 그 한마디를 마지막으로, 세 사람은 조심스럽게 흩어져 각자의 잠자리로 돌아갔다. 푸른 얼굴들은 여전히 깊은 잠에 빠져 있었다. 아무것도 모른 채 평온하게 잠든 그들의 모습을 보며 만은 깊은 한숨을 내쉬었다. 강은 착잡한 마음으로 동생들의 머리를 쓰다듬었다.

아침이 되자 햇살이 체류지 안으로 쏟아져 들어왔다. 푸른 얼굴들은 하나둘씩 잠에서 깨어나 하루를 시작할 준비를 했다. 만은 조심스럽게 짐을 챙겨 밖으로 나섰다. 그 뒤를 호수와 강이 따랐다. 밤새 잠을 이루지 못한 세 사람의 눈이 퀭했다.

정보통과 접선하기로 한 장소는 체류지 외곽에 위치한 낡은 창고였다. 창고의 녹슨 철문은 굳게 닫혀 있었다. 주변은 인기척 하나 없이 고요했다. 만은 잠시 망설이다 조심스럽게 문을 두드렸다. 짧게 세 번, 길게 한 번. 약속된 신호였다. 잠시 후 끼익 하는 소리와 함께 무거운 철문이 열렸다. 어둠 속에서 누군가 만을 응시하고 있었다. 희미한 빛에 비친 그의 얼굴은 두꺼운 화장으로 덮여 있었다. 푸른 반점을 감추기 위한 필사적인 노력이었다.

"들어오세요."

정보통은 낮고 갈라진 목소리로 말했다. 세 사람은 조심스럽게 창고 안으로 들어갔다. 희미한 불빛 아래 낡은 책상과 의자 몇 개가 놓인 것이 보였다. 그는 문을 닫고 만에게 다가왔다. 만은 잠시 망설이다 정보통에게 돈주머니를 건넸다. 바로 본론으로 들어가기 위해서였다.

"중앙 연구소에서 푸른 얼굴을 이용한 실험이 진행되고 있다고 들었어. 다른 구역으로 가야 할 것 같은데 요즘 이 지역 사정이 어떤지 알려 주겠나?"

"솔직히 말해서 쉽지 않을 겁니다. 최근 구역 내 자원 수급이 어려워 외부인에 대한 경계가 심해졌어요. 난민들도 크게 다르진 않지만, 특히 푸른 얼굴들은 더욱 환영받지 못하고 있습니다. 그나마 이곳은 아직 개방되어 있지만, 다른 구역은 대부분 빗장을 걸어 잠갔을 겁니다."

그는 잠시 말을 멈추고 만에게 받은 돈주머니를 품속에 챙겼다.

"연구소에서 진행하고 있다는 그 실험, 정확한 명칭이 무엇인지 아십니까? 웜홀 에너지 적응성 실험입니다. 레나투스 프로젝트를 위한 거죠."

"레나투스 프로젝트라니. 대체 그게 뭐죠? 처음 들어 보는데요."

잠자코 듣고 있던 강이 질문을 던졌다.

"레나투스 프로젝트란 뉴얼 이주 프로젝트를 의미합니다."

그는 만과 호수를 바라보며 말했다.

"두 분은 들어 본 적이 있으실지도 모르겠네요. 뉴얼은 과거 지구와 비슷한 환경을 가진 행성입니다. 지금으로부터 약 사십 년 전에 조사하 박사가 처음 발견했죠. 당시 사람들은 새로운 희망에 젖어 흥분 상태에 빠졌습니다. 마치 그 행성이 당장이라도 지구를 대체할 것처럼요."

정보통이 숨을 고른 후 말을 이었다.

"안타깝게도 뉴얼 프로젝트의 핵심 연구진인 조사하 박

사가 죽은 후 사람들의 관심은 점차 식어 갔습니다. 더 이상 새로운 정보가 공개되지 않았거든요. 사람들은 과학자들이 뉴얼 이주 프로젝트를 포기했다고 생각하죠. 하지만 그렇지 않습니다. 연구소는 여전히 비밀리에 인류 이주 프로젝트를 진행하고 있습니다. 지금 이 순간에도 수많은 연구원들이 뉴얼 연구에 매달리고 있죠."

"왜 그들은 이 사실을 밝히지 않았지?"

고개를 끄덕이며 경청하던 호수가 의아하다는 듯 고개를 기울였다.

"뉴얼 이주에 대한 과도한 기대에서 발생할 혼란을 막고, 이주 준비를 위한 필수 자원을 확보하기 위해서입니다. 시민들이 광기에 휩싸여 무분별하게 자원을 낭비한다면 정작 뉴얼로 이주할 때 큰 어려움을 겪게 될 테니까요. 이제 이주 프로젝트는 막바지에 이르렀습니다. 연구소는 웜홀 에너지가 인체에 미치는 영향을 확인하기 위한 마지막 실험을 진행하고 있습니다."

"그래서?"

만의 목소리가 날카로웠다.

"마지막 실험 대상 조건은 미성년자입니다. 나이가 어리면 어릴수록 높은 점수를 매기죠. 아, 실험에 참가한 푸른 얼굴 중 비자발적으로 참여한 자는 아무도 없습니다."

의미심장한 이야기에 세 사람은 눈을 크게 떴다.

"중앙 연구소는 푸른 얼굴들에게 거짓된 희망을 심어 주었어요. 뉴얼 이주 기회를 준다고 약속하고 그들을 실험에 참여시킨 거죠. 그 말에도 넘어가지 않은 푸른 얼굴들에게는 실험이 끝날 때까지 가족들이 구역 안에서 합법적으로 지낼 수 있게 해 주겠다고 약속했고요."

정보통은 씁쓸하게 웃었다.

"아이들도 부모 동의하에 실험에 참여한 겁니다. 부모들은 아이를 뉴얼로 보낼 수 있다는 말에 속아 넘어간 거죠. 물론 그들은 뉴얼에 갈 수 없을 겁니다. 그저 실험체일 뿐이니까요. 하지만 구역에 머물게 해 준다는 약속은 거짓이 아니더군요."

그의 말에 강은 순간적으로 격분했다. 앞으로 무슨 제안을 하려는 것인지 눈치챈 강은 그의 멱살을 잡았다.

"내 동생들을 팔아넘기라는 거야?"

정보통은 당황한 기색 없이 침착하게 말했다.

"납득하기 어려운 이야기라는 건 저도 잘 알고 있습니다. 하지만 화를 삭이고 잘 생각해 보시길 바랍니다. 이대로 가만히 있다간 모두 죽을 수 있으니까요. 단 하루라도 더 벌고 싶어서 찾아온 거 아닌가요? 다른 구역이 열릴 때까지 기다렸다가 탈출하는 방법도 있지 않습니까."

그는 신경질적으로 강의 손을 뿌리치며 옷깃을 정돈했다.

"시간이 됐군요. 저는 이만 가 보겠습니다."

정보통은 짜증스러운 기색을 감추고 조용히 뒷문으로 사라졌다. 잠시 정적이 흘렀다. 강은 혼란스러운 마음을 애써 감추며 정보통의 말을 되새겼다. 그의 제안은 잔인 했지만 지금 상황에서는 가장 현실적인 생존 방법이라는 것을 부정할 수 없었다.

호수가 강에게 다가와 가볍게 어깨를 두드렸다.

"아이들이 희생되는 일은 없도록 할 거야. 다른 방법을 찾아보자."

강은 호수의 따뜻한 손길에 마음이 조금은 진정되는 것을 느꼈다. 호수는 짐짓 밝은 미소를 지었지만 그의 눈빛에는 숨길 수 없는 걱정이 담겨 있었다.

침묵을 지키던 만이 입을 열었다.

"내가 자원하마. 연구소에서 원하는 실험 대상은 어린아이라고 했지만 내 생각은 조금 달라. 그들에겐 외인이 아닌 사람의 실험 데이터도 분명 필요할 거야. 그런 점에서 나는 꽤 구미 당기는 실험체겠지. 푸른 얼굴들 중에서는 신체 조건이 가장 구역민과 비슷하니까."

강은 만의 갑작스러운 제안에 놀랐다. 만의 눈빛은 결연 했다. 그는 이미 자신의 희생을 각오한 듯 보였다. 호수는 만의 손을 붙잡고 말했다.

"안 돼, 만. 그건 너무 위험해."

"이 방법밖에 없잖아. 내가 먼저 나서서 그들의 요구를 들어주면 적어도 시간은 벌 수 있을 거야. 그동안 너희는 탈출 계획을 구체화하고 다른 구역 상황도 알아볼 수 있겠지."

호수는 담담히 고개를 끄덕였다. 만을 말릴 수 없다는 걸 알기 때문이다.

그러나 강의 미간에는 옅은 그림자가 드리웠다. 만이 자리를 비우면 그를 믿고 따르는 푸른 얼굴들이 불안해할 게 뻔했다. 게다가 푸른 얼굴 중 가장 나이가 많은 만이 실험을 버틸 수 있을지도 의문이었다. 강은 마른침을 삼켰다. 만은 자신과 동생들을 구해 준 은인이었다. 강은 지금이 아니면 빚을 갚을 기회가 없을 거라는 예감이 들었다.

창고를 나선 세 사람은 곧장 체류지로 향했다. 짐을 정리하고 있던 푸른 얼굴들이 셋을 반겼다.

"강, 얼른 이것 좀 전해 주고 와. 오늘 저녁은 특별히 야채 스튜로 준비했으니 빨리 다녀와야 해!"

한 푸른 얼굴이 살갑게 강의 어깨를 두드리며 배달해야 할 물건을 품에 안겼다. 강은 검역소에서 그런 일을 겪고도, 이곳에서 쫓겨나게 되면 바로 갈 수 있는 구역이 없는데도 여전히 밝은 태도를 유지하는 푸른 얼굴들에게 존경심을 느꼈다. 하지만 이렇게 제한된 자유와 생존마저 언제 빼앗길지 모른다. 이들을 구하기 위해 희생까지 각오한 만의 얼굴이 떠올랐다. 강은 씁쓸함을 속으로 삼켰다. 무언가 해야만 했다. 강은 일일 할당량을 채우자마자 몰래 체류지를 빠져나와 연구소 방향으로 무작정 뛰었다. 만이 실험에 자원하기 전에 먼저 도착해야 했다. 간절함 때문인지 전력 질주를 해도 숨이 차지 않았다.

연구소에 도착한 강은 숨을 고를 틈도 없이 문을 열었다. 데스크에 앉아 있던 직원이 의아한 눈빛으로 강을 바라보았다.

"실험에 참가하려면 어떻게 해야 하죠?"

강은 직원에게 다가가 따지듯이 물었다.

"무슨 소리를 하는 건지 모르겠군요."

"웜홀 에너지 실험 말이에요. 나 같은 푸른 얼굴을 찾고 있다던데요."

직원은 강을 위아래로 훑어보았다.

"저희는 그런 실험을 진행하지 않아요. 당장 나가지 않으면 신고할 겁니다. 쫏."

그때 한 남자가 로비를 가로질러 성큼성큼 강에게 다가왔다. 그를 본 직원이 헉 하고 숨을 들이켰다.

"흥미롭군. 자네가 실험에 참가하겠다고?"

남자의 입가에 묘한 미소가 번졌다. 그의 가운에는 '연구소장 조성현'이라고 적힌 명찰이 달려 있었다. 강은 당황한 기색도 없이 고개를 꼿꼿이 들고 대답했다.

"네, 하지만 조건이 있습니다."

강의 태도에 연구소장의 눈썹이 살짝 치켜 올라갔다.

"조건? 푸른 얼굴 주제에 무슨 배짱으로 조건을 거는 거지?"

연구소장은 팔짱을 끼며 코웃음을 쳤다. 하지만 강은 주눅 들지 않았다. 오히려 더욱 강렬한 눈빛으로 연구소장을 응시했다.

"나는 여기에 협상하러 온 겁니다. 당신들에겐 내가 필요할 걸요. 나는 푸른 얼굴들과 함께 다니고 있지만, 사실 구역에서 나와 생활한 지는 얼마 안 됐어요. 게다가 젊고 건강하니 실험체로 적합할 테죠."

강의 당돌한 발언에 로비 안의 공기가 순식간에 싸늘해졌다. 데스크 직원은 믿을 수 없다는 표정으로 강과 연구소장을 흘끔 쳐다보았다. 연구소장의 입꼬리가 삐뚜름해졌다.

"내가 실험에 참가하는 동안 내 동료와 가족들을 이곳에 머물게 해 주세요. 단, 실험에 참가하는 건 저뿐이어야 합니다."

연구소장은 잠시 침묵하더니 예상외로 흔쾌히 조건을 받아들였다. 그리고 몇 가지 추가 조건을 제시했다. 계약 조건을 놓고 실랑이를 벌이는데, 끼익 하는 소리와 함께 문이 열렸다. 구불거리는 잿빛 머리칼의 푸른 얼굴, 호수였다. 호수가 조심스럽게 로비로 들어섰다.

"강?"

나란히 서 있는 강과 소장을 발견한 호수는 불길한 예

감이 들었다.

"너, 설마……."

"내가 실험에 참가하기로 했어요. 만을 고생시킬 순 없으니까요."

강은 애써 덤덤하게 말했다. 당황한 기색을 감추지 못하는 호수를 보고 연구소장이 소리 내어 웃었다.

"이 아이가 말한 동료가 당신인가 보군요. 죄송하지만 지금은 중요한 계약으로 바빠서요."

연구소장은 능글맞은 미소를 지으며 강에게 펜을 넘겼다. 강은 의연한 얼굴로 계약서에 서명했다. 그 순간 소장은 눈짓으로 경비원을 불렀다. 경비원들은 쉰 목소리로 격렬하게 저항하는 호수를 강제로 끌고 나갔다.

"강! 이게 무슨 짓이야? 같이 약속했잖아. 만이 갈 거라고!"

"걱정하지 마세요. 단지 사람이 바뀐 것뿐이니까. 계약 내용은 우리가 의논했던 그대로예요."

강은 차마 호수와 눈을 마주칠 수 없었다.

밖으로 쫓겨난 호수는 연구소를 노려보았다. 강은 실험에 자원하겠다는 만의 이야기에 수긍하는 척했지만, 호수가 보기에는 낌새가 좋지 않았다. 강은 자신을 받아들인 만에게 유난히 깊은 애착을 느끼고 있었으니까.

'이럴 줄 알고 일이 끝나자마자 온 건데.'

체류지로 돌아가 다른 푸른 얼굴들에게 이 사실을 알려

야 했다. 계약서가 존재하는 이상 연구소는 절대 그를 놓아주지 않을 것이다. 그러니 하루빨리 탈출할 방법을 찾아야 한다. 호수는 걸음을 재촉했다.

● 03

더 이상 계절이 존재하지 않는 구역 안에도 봄날처럼 따스한 볕이 들 때가 있다. 빛나는 조명이 햇살처럼 구역 전체를 감싸고, 인공 강우 장치가 만들어 낸 촉촉한 빗방울이 건조한 공기를 적신다. 구역 사람들은 일 년에 딱 한 번, 추모제가 열릴 때 이런 사치를 누린다.

구역 중앙에 조성된 추모 공원은 고요하고 경건한 분위기를 자아냈다. 여러 개의 묘비 중 가장 큰 묘비에는 '인류의 희망을 밝힌 선구자, 조사하'라는 비문이 깊이 새겨져 있었다. 그 앞에는 망원경을 들고 먼 곳을 응시하는 조사하 박사의 동상이 놓여 있었다. 살아생전 그가 그랬듯 동상의 시선은 구역 너머에 있는 뉴얼을 향했다.

추모제에는 각계각층의 사람들이 모였다. 그의 뒤를 이어 뉴얼 연구에 헌신하는 과학자들, 뉴얼 이주를 꿈꾸는 사람들, 그의 삶에 감명받은 시민들까지 모두가 한마음으로 조사하 박사를 기렸다.

은수의 가족도 그 자리에 있었다. 은수의 아버지는 자신의 아버지 묘비에 헌화하며 조용히 눈을 감았다. 그의 표정에는 그리움과 존경심이 뒤섞여 있었다. 은수는 아버지의 뒷모습을 바라보았다. 은수는 할아버지를 직접 만난 적은 없지만 아버지에게서 할아버지의 모습을 엿볼 수 있었다.

구슬픈 음악이 흐르는 가운데, 연단 위에 선 사회자가 엄숙한 목소리로 말했다.

"다음은 조성현 연구소장님의 추도사가 있겠습니다."

성현은 침중한 발걸음으로 연단에 올라 주변을 둘러보았다. 그의 시선이 닿는 곳마다 조사하 박사를 향한 존경과 애도의 기운이 가득했다.

"저는 조사하 박사님의 아들, 조성현입니다."

성현은 힘 있는 목소리로 말문을 열었다.

"저는 아버지의 뜻을 이어받아 인류의 미래를 연구하고 있습니다. 비록 오늘날 우리가 직면한 현실은 녹록지 않지만, 인류의 진보를 위한 연구를 멈추지 않을 것입니다. 조사하 박사님께서 꿈꾸셨던 미래, 인류가 더 나은 삶을 향해 나아가는 길에 저희 연구자들이 앞장서겠습니다."

청중들은 열렬한 박수를 보냈다. 몇몇 사람들은 눈시울을 붉히기도 했다.

추도사가 끝난 후, 조사하 박사의 오랜 동료였던 노교수가 천천히 연단에 올랐다. 백발이 성성한 노교수는 깊게 패인 주름 사이로 희미한 미소를 지으며 마이크 앞에 섰다.

"그 친구를 처음 만난 건 제가 갓 연구소에 들어왔을 때였습니다. 아직 햇병아리 연구원이던 저에게 사하라는 친구는 꽤나 충격적인 존재였죠. '웜홀이 인류에게 새로운 희망을 가져다줄 거야!'라고 힘주어 말하는 모습은 솔직히 말해서, 좀 괴짜 같았습니다."

노교수는 잠시 웃음을 터뜨렸다.

"그 당시만 해도 웜홀 연구는 학계에서 인정받지 못하는 분야였습니다. 가능성이 희박한 일에 자원을 낭비하는 것만큼 어리석은 일이 어디 있냐는 평가를 받았거든요. 사하를 보고 '이상한 녀석'이라고 손가락질하는 사람도 많았습니다. 사하는 밤낮없이 연구실에 틀어박혀 지냈습니다. 밥 먹는 시간도 아까워하며 연구에 몰두하는 모습을 보면서, 참 대단한 녀석이라고 감탄했던 기억이 납니다. 그리고 확신했습니다. 이 친구는 분명 세상을 바꿀 것이라고요. 그렇게 십오 년이 흘렀습니다. 그리고 마침내 사하는 자신이 염원하던 것을 웜홀 너머에서 찾아냈습니다. 바로 '뉴얼'이죠."

노교수의 목소리에는 깊은 감동과 경외감이 묻어났다.

"뉴얼의 발견은 시작에 불과했습니다. 그때부터 본격적

인 뉴얼 연구가 시작되었죠. 하지만 연구에는 진전이 거의 없었습니다. 사하는 조급해했습니다. 하루라도 더 서두르지 않으면 다시는 기회가 없을 거라고 생각했거든요. 그래서 급진적인 제안을 했습니다. 직접 뉴얼에 가서 연구를 하자는 것이었죠.”

노교수는 당시 상황을 떠올리며 눈살을 찌푸렸다.

“물론 저를 포함한 대부분의 연구원들은 반대했습니다. 사하에게 온갖 비난이 쏟아졌죠. 뉴얼에 어떤 위험이 도사리고 있을지 아무도 알지 못했습니다. 하지만 사하는 흔들리지 않았습니다. 인류의 미래를 위해서는 감수해야 할 위험이라고 말하며 우리를 설득했습니다. 물론 그 친구 특유의 농담도 잊지 않았죠. ‘뉴얼 토착 생물은 어떤 맛일지 궁금하지 않아?’ 하면서요.”

청중 사이에서 웃음이 터져 나왔다. 긴장감이 돌던 분위기가 잠시 누그러졌다. 슬픔으로 가득했던 공간에 따뜻한 온기가 감돌았다.

“그는 뉴얼이 인류에게 새로운 터전이 될 것이라고 믿었죠. 그 믿음을 현실로 만들기 위해 평생을 바쳤습니다. 조사하 박사는 진정한 선구자였습니다. 그의 꿈은 아직 이루어지지 않았지만, 우리는 그의 뜻을 이어받아 계속 나아갈 것입니다.”

노교수가 말을 끝내자 청중의 박수가 이어졌다.

추모제가 끝난 후 은수는 아버지와 함께 할아버지의 묘비 앞에 섰다.

"나도 할아버지처럼 멋진 사람이 되고 싶어요."

은수의 말에 성현은 흐뭇한 미소를 지으며 딸을 품에 안아 올렸다.

"그래, 은수야. 아빠는 네가 할아버지처럼 인류에게 희망을 줄 수 있는 사람이 되길 바란단다. 그게 우리의 사명 아니겠니?"

은수는 아버지의 품속에서 할아버지의 묘비를 향해 고개를 숙였다. 묘비 앞에 헌화된 꽃에서 풍기는 향기가 은은하게 주변을 감쌌다.

얼마 지나지 않아 은수는 연구소 사람들이 '웜홀 에너지 실험'이라고 부르는 것에 참여하게 되었다. 여덟 살밖에 안 된 은수에게 연구소는 그저 신기한 일이 많이 일어나는 곳이었다.

"은수야, 이건 특별한 옷이야. 이 옷을 입으면 네 몸속에서 어떤 일이 일어나는지 알 수 있단다. 이제 캡슐 안에 들어가 볼까?"

은수는 캡슐 안에서 첨벙거리며 아빠를 향해 환하게 웃어 보였다. 따뜻한 물에 몸을 담그니 기분이 좋았다. 하지만 곧 웜홀 에너지 안정화를 위해 냉각수가 캡슐 안으로 유입되었다. 은수의 몸이 덜덜 떨렸다.

"아빠······."

성현은 투명한 캡슐 벽 너머로 보이는 딸의 모습에 잠시 눈살을 찌푸렸다. 창백해진 얼굴과 축 늘어진 몸은 위태로워 보였다. 곁에 있던 연구원이 성현의 눈치를 살폈다. 혹시라도 실험을 중단하라고 지시할까 봐 우려하는 눈치였다.

"예상보다 반응이 빠르군. 냉각수 유입 속도를 조절해. 실험체의 상태를 최대한 안정적으로 유지해야 한다."

성현은 차분하면서도 단호한 목소리로 지시했다. 연구원은 냉각수 유입 속도를 늦췄다.

"하지만 박사님, 냉각 속도가 더 느려지면 에너지 안정화가 지연될 수 있습니다."

"괜찮아. 예상보다 실험체의 반응 속도가 빠르니 조금 더 지켜보자고."

성현은 냉랭한 눈빛으로 캡슐 안의 은수를 주시했다. 캡슐 밖 모니터에는 은수의 몸에 연결된 센서를 통해 수집된 신체 데이터가 끊임없이 펼쳐졌다. 심박수, 뇌파, 체온, 혈압 등 모든 수치가 웜홀 에너지 노출에 따른 은수의 신체 반응을 실시간으로 보여 주고 있었다. 은수는 다른 실험체들과 달리 미세한 변인 조절에도 극명한 반응을 보였다.

"역시 예상대로군. 이 정도면 충분한 데이터를 얻을 수 있겠어."

성현의 입가에 만족스러운 미소가 번졌다.

"이 자료를 분석하면 정확도가 훨씬 높은 예측 모델을 구축할 수 있을 겁니다. 박사님의 결단 덕분에 우리 프로젝트에도 진척이 생기는군요."

연구원이 성현을 향해 찬사를 보냈다. 하지만 그 말이 끝나자마자 캡슐 안에서 은수가 몸부림쳤다. 은수의 고통스러운 신음 소리와 함께 모니터에 뜬 은수의 심박수가 위험 수준으로 치솟았다. 뇌파도 불규칙하게 요동쳤다. 캡슐 모니터 화면에는 붉은 경고 메시지가 번쩍였다.

– 경고! 캡슐 내 객체 반응이 불안정합니다.

"젠장, 무슨 일이지? 에너지 출력 조절을 제대로 못 했나?"

성현은 당황한 기색을 감추지 못하며 캡슐 앞으로 다가갔다. 은수는 겨우 찾은 완벽한 실험체였다. 그런 소중한 존재를 고작 에너지 출력 조절 실수로 잃을 수는 없었다.

"어서 에너지 출력을 낮춰. 진정제도 투여해! 빨리!"

성현의 불호령에 연구원들은 허둥지둥 움직였다. 미리 연결된 호스를 통해 은수의 몸속으로 약물이 주입되었다. 캡슐 안에서 몸부림치던 은수는 삽시간에 얌전해졌다.

혈관을 타고 흐르는 약물은 낯선 열기를 뿜어내며 은수의 감각을 마비시켰다. 곧이어 격렬한 감정들이 소용돌이치며 은수의 의식을 휩쓸었다. 은수는 흐릿해져 가는 의식을 따라 깊은 어둠 속으로 빠져들었다.

첫 실험은 은수에게 엄청난 충격을 주었다. 낯선 기계들과 차가운 액체, 알 수 없는 약물, 그리고 몸을 덮쳐 오는 격렬한 고통과 감정들은 어린아이가 감당하기에는 버거운 경험이었다. 그날 밤 은수는 끔찍한 악몽에 시달리며 밤새 앓았다.

다음 날 은수는 힘겹게 눈을 떴다. 몸은 무겁고 머리는 깨질 듯 아팠다. 은수는 어제 무슨 일이 있었는지 제대로 기억할 수 없었지만 몸과 마음에 남은 불쾌한 감각에 진저리를 쳤다.

"은수야, 일어났니? 아버지가 곧 도착하신대."

연구원의 말에 은수는 힘없이 고개를 끄덕였다. 연구원이 나가고 성현이 휴식 구역 안으로 들어왔다.

"은수야, 몸은 좀 어떠니?"

성현은 은수 곁에 앉으며 걱정스러운 목소리로 물었다. 은수는 깨질 것처럼 아픈 머리에 눈을 질끈 감으며 말했다.

"아빠, 나 악몽을 꿨어요. 몸이 너무 추웠어요. 어제 무슨 일이 있었던 거예요? 기억이 잘 안 나요."

은수는 힘겹게 입을 열었다. 캡슐 안에서 겪었던 고통과 혼란스러운 감정들이 어렴풋이 떠올랐지만, 금방 사라졌다. 전부 꿈이라고 여겨질 만큼 몽롱한 상태였다. 은수는 미간을 찌푸리며 애써 기억을 되짚어 보았지만 머릿속은 텅 비어 있었다. 은수는 불안한 눈빛으로 성현을 바라보았다.

"그건 말이지, 훌륭한 과학자가 되기 위한 훈련이었어. 하지만 그렇게 어려운 일은 아니야. 물에 들어가서 재미있게 놀기만 하면 되거든. 은수 너는 항상 연구원 언니, 오빠들을 돕고 싶어 했잖니. 아빠도 어렸을 때부터 너희 할아버지의 연구를 도와드렸어. 할아버지 곁에서 뉴얼 이야기를 듣고, 자료를 정리하는 게 아빠에겐 가장 큰 기쁨이었지."

성현은 옛 추억에 잠겼다.

"며칠 전 추모제, 정말 성대하지 않았니? 아마 앞으로도 그렇게 큰 규모의 추모제는 보기 힘들 거야. 할아버지께서 단순한 연구자가 아니셨기에 가능한 일이지. 인류에게 새로운 희망을 안겨 준 영웅이셔."

"그러면 아빠도 영웅이에요?"

"아직은 아냐."

성현은 은수의 머리를 쓰다듬었다.

"하지만 은수가 아빠를 잘 도와준다면 우리 둘 다 이 지구를 구원하는 영웅이 될 수 있을 거야."

"내가? 그것도 아빠랑요?"

은수는 눈을 동그랗게 뜨며 아빠를 바라보았다.

"그럼. 할아버지가 목숨을 걸고 다녀온 뉴얼에 뭐가 있었는지 아니? 놀랍게도 우리와 비슷한 지성체가 살았던 흔적이 있었어. 그들이 남기고 간 건물, 연구 자료, 생활 기록 같은 것들 말이야. 덕분에 뉴얼을 아주 빠르게 개척할 수 있었지. 이제 남은 건 대규모의 인류 이주를 위한 발판을 준비하는 것뿐이야."

뉴얼에 대해 설명하는 성현의 눈은 평소보다 밝게 빛났다. 은수는 실험을 까맣게 잊고 아빠의 이야기에 집중했다.

"은수야, 우리가 여기까지 올 수 있었던 것은 할아버지의 용기와 희생 덕분이란다. 이 연구가 잘 마무리되면 우리모두 새로운 낙원에서 살아갈 수 있을 거야. 지금의 고통은 앞으로 다가올 행복에 비하면 아무것도 아니란다."

성현은 은수를 끌어안았다.

실험은 매일 반복되었다. 은수는 아침에 눈을 뜨면 간단한 신체 검사를 마친 후 흰 가운을 입고 익숙하게 캡슐 안으로 들어갔다. 캡슐 안에서 잠이 들 때도 있었고, 때로는 밝은 빛에 노출되기도 했다. 여전히 캡슐 안에서 무슨 일이 있었는지 기억나지 않았다. 희미하게 남아 있는 고통은 마치 꿈에서 입은 상처처럼 느껴졌다.

수많은 실험이 반복되는 동안 은수는 어느새 훌쩍 자랐다. 어린아이 티를 벗은 지도 오래, 흰 가운을 입고 연구소 복도를 걸어 다니는 모습은 영락없는 연구원이었다. 하지만 은수의 표정은 늘 어둡고 침울했다. 복도에서 마주치는 연구원들이 은수에게 인사를 건네도 은수는 짧게 답할 뿐

좀처럼 웃는 모습을 보여 주지 않았다. 어렸을 때처럼 먼저 말을 걸거나 장난을 치는 일도 없었다.

은수는 오랜 시간 연구소라는 작은 세상에 갇혀 살았다. 실험 참여를 제외한 은수의 일과는 실험 장비와 데이터 디스크를 정리하는 단순하고 반복적인 작업으로 채워졌다. 매일 반복되는 일이다 보니 이제는 눈을 감고도 척척 해낼 수 있을 정도였다. 은수가 창고를 정리하며 지루함을 달래기 위해 떠올리는 생각은 대부분 사소한 것들이었다.

'아버지가 면담 때 가져오라고 했던 서류철이 어디 있더라?'

'다음 주가 벌써 추모식이야. 시간이 참 빠르게 지나가네……'

'요즘 연구소가 많이 바빠 보이던데, 신입 연구원들이 들어오기라도 한 걸까?'

일상이 이어지는 중에도 은수의 머리 한구석에는 떠오르지 않는 기억에 대한 의구심이 남아 있었다. 실험에 참여했던 기억은 늘 실험실 문턱을 넘기 직전에서 멈췄다. 그 이후의 일들은 마치 짙은 안개에 가려진 듯 흐릿했다.

실험에 오래 참여하면서 은수의 몸 상태는 점점 악화되었다. 오른쪽 팔과 다리는 모래주머니를 달아 놓은 것처럼 무겁게 느껴졌다. 일부러 힘을 주어 움직여도 생각만큼 말을 듣지 않았다. 매달 진행하는 신체 검사에서는 이상을 찾을 수 없었지만, 아버지는 실험 빈도를 줄여 주었다. 은수는 아버지의 배려에 감사했다. 그러나 아버지의 태도는 예전 같지 않았다. 은수를 자주 찾지도 않았고, 따뜻하게 대해 주지도 않았다. 심지어 꾀병을 부린다며 꾸짖기도 했다. 누구에게나 엄격하지만 은수에게만큼은 다정한 아버지였기에 은수는 이런 변화가 낯설었다.

은수가 연구 데이터를 분석하게 된 것은 아버지의 관심을 끌기 위해서였다. 그날도 은수는 연구실에 홀로 남아 자료를 정리하고 있었다. 창밖으로 인공 달빛이 차갑게 비쳤다. 책상 위에 어지럽게 흩어진 서류 위로 빛이 드리웠다.

서류를 정리하던 은수는 불현듯 오래된 기억을 떠올렸다. 기억은 예고 없이 떠올라 해일처럼 은수를 덮쳤다. 실험에 처음 참여한 날의 기억이었다.

기억 속에서 은수는 여덟 살 어린아이였다. 아버지의 손을 잡고 연구소 복도를 걸어가고 있었다. 벽에는 알 수 없는 기호와 숫자들이 춤추는 모니터가 있었다. 낯설고 차가운 분위기에 은수는 아버지의 손을 꽉 잡았다. 멀리 차갑고 푸른빛이 가득한 실험실이 보였다. 은수는 흰 가운을 입은 사람들에게 둘러싸여 커다란 캡슐 안에 들어갔다. 따뜻한 물이 몸을 감쌌지만 곧 차가운 액체가 캡슐 안으로 쏟아져 들어왔다. 그리고 온몸을 찢는 듯한 고통과 강렬한 빛이 느껴졌다. "아빠!" 은수는 고통에 몸부림쳤지만, 아버지는 은수를 차갑게 바라볼 뿐이었다. 캡슐 안은 순식간에 암흑으로 변했다.

은수는 책상에 엎드린 채 고통스러운 신음을 뱉었다. 흐릿했던 기억의 조각이 점점 더 선명하고 끔찍한 형태를 띠며 은수의 머릿속을 가득 채웠다. 은수는 확신할 수 있었다. 그날의 기억이 악몽이 아니었다는 것을. 몸이 떨리고 식은 땀이 흘렀다.

은수는 비틀거리며 자리에서 일어나 문을 박차고 복도로 나갔다. 야심한 시각이라 복도에는 아무도 없었다. 텅빈 복도에 은수의 거친 숨소리만 울려 퍼졌다. 은수는 홀린 듯 아버지의 개인 연구실로 향했다. 은수는 어디에 어떤 물건이 있는지 잘 알고 있었다. 여덟 살 때부터 아버지의 연구를 도왔던 은수에게 아버지의 연구실은 집이나 다름없었다. 은수는 망설임 없이 아버지의 책상 서랍에서 열쇠를 꺼냈다. 열쇠를 챙긴 은수는 곧장 데이터 디스크를 모아 두는 지하 창고로 갔다. 늘 어둡고 퀴퀴한 곰팡이 냄새가 가득했던 곳이었다. 지하 창고 한쪽 구석에는 철문이 굳게 닫힌 캐비닛이 있었다. 기밀 데이터를 보관하는 곳이었다. 은수는 한 번도 그 안을 들여다본 적이 없었다. 아버지의 말에 늘 순종적이었던 은수는 그 캐비닛의 정체를 단 한 번도 의심해 본 적이 없었다.

은수는 떨리는 손으로 열쇠를 꽂아 돌렸다. 묵직한 철문이 둔탁한 소리를 내며 열렸다. 낡은 종이 냄새와 녹슨 쇠 냄새가 은수를 감쌌다. 그 안에는 수백 개의 상자가 빼곡하게 쌓여 있었다. 상자마다 '조은수', '실험체 E-001', '웜홀 에너지 적응 실험' 등의 라벨이 붙어 있었다. 은수의 심장이 거칠게 뛰었다. 은수는 그중 하나를 꺼냈다. 그 안에는 실험 상황을 찍은 사진과 각종 검사 결과지, 수많은 실험 데이터가 담겨 있었다. 사진 속의 어린아이는 커다란 캡슐 안에 갇혀 공포에 질린 표정을 하고 있었다. 그 옆에는 만족스럽게 웃고 있는 아버지가 보였다. 은수는 헛웃음을 터뜨렸다.

은수는 상자 속 자료를 닥치는 대로 꺼내 읽기 시작했다. '웜홀 에너지 적응 실험 보고서', '실험체 E-001 신체 변화 추이 분석', '기억 소거 프로토콜'. 한 글자 한 글자 읽어 내려갈수록 은수의 속이 울렁거렸다. 밀려오는 토기에 은수는 입을 틀어막고 거칠게 숨을 몰아쉬었다.

"오른쪽 편마비, 기억 장애, 시공간 지각 이상……. 이게 다 실험 부작용 때문이었어? 아버지는 분명 내가 꾀병을 부리는 거라고 하셨는데."

은수는 눈물을 흘리며 중얼거렸다. 배신감과 분노가 은수의 가슴 속을 거칠게 휘저었다. 은수는 상자를 바닥에 내팽개쳤다. 사진 속 아버지의 얼굴을 발로 짓밟고 싶은 충동이 솟구쳤다.

은수는 캐비닛 안의 다른 상자들도 살펴보았다. '실험체 그룹 B' 라벨이 붙은 상자에 은수의 것보다 훨씬 많은 자료가 들어 있었다. 은수는 거기서 무작위로 서류 하나를 꺼내 읽었다.

[실험체 E-001 연구 검토 결과]

- 웜홀 에너지 노출에 대한 사전 데이터 부족으로
  실험체 장기 생존 유지 실패.

- 이를 보완하기 위해 물리적 자극에 대한 내성이
  강한 '외인' 및 '푸른 얼굴' 개체군을 새로운 실험
  대상으로 선정.

은수는 손에 든 서류를 떨어뜨렸다. '푸른 얼굴'이라는 단어는 낯설었지만, 그게 어떤 사람들을 가리키는 말인지는 짐작할 수 있었다. 그들은 이른 새벽이나 야심한 밤에 슬그머니 나타났다. 얼굴이 푸른 반점으로 뒤덮힌 사람들은 엉망으로 어질러진 연구실을 정돈하고, 연구원들이 필요로 하는 재료나 시약을 구역 바깥에서 조달해 오는 일을 했다. 푸른 얼굴들을 특이하다고 생각했지만 한 번도 그들의 정체에 대해 깊이 생각해 본 적은 없었다.

은수는 다른 자료도 꺼내 읽었다.

[푸른 얼굴 개체군을 이용한 웜홀 에너지 적응 실험]

– 최근 3년간 '푸른 얼굴' 개체군을 대상으로 진행한
실험 결과, 성인 개체에 비해 유년 개체의 웜홀
에너지 적응력이 월등히 높음을 확인.

– 특히 8세에서 10세 사이의 유년 개체들은 높은
에너지 흡수율과 안정적인 생체 반응을 보임.

– 성인 개체에게서 빈번하게 나타나는 부작용(신체
마비, 정신 이상 등) 또한 거의 발견되지 않음.

은수는 자신이 읽고 있는 내용을 믿을 수가 없었다. 아
버지가 어린 푸른 얼굴들을 실험 대상으로 삼아 끔찍한
실험을 이어가고 있다니.

은수가 자료에 집중하고 있을 때였다. 문 너머에서 묵
직한 발소리가 들렸다. 잠시 후 끼이익 하는 날카로운 소
리와 함께 문이 열렸다. 은수는 화들짝 놀라 손에 들고 있
던 자료를 바닥에 떨어뜨리고 말았다.

"은수야, 이렇게 늦은 시간에 여기서 뭘 하고 있는 거니?"

낮고 부드러운 목소리가 은수 바로 뒤에서 들렸다. 은
수는 고개를 돌릴 수도, 답을 할 수도 없었다. 숨소리조차

제대로 낼 수 없었다. 은수는 덜덜 떨며 뒷걸음쳤다. 그러다 무언가에 걸려 휘청였다. 방금 전까지 읽었던 자료의 내용이 주마등처럼 스쳐 지나갔다. 실험에 대한 고통스러운 기억들, 자신 대신 그 실험에 이용된 푸른 얼굴들. 그리고 그 중심에 서 있는 아버지. 은수는 애써 두려운 기색을 숨기며 간신히 대답했다.

"벼, 별거 아니에요. 갑자기 정리할 디스크가 생겨서요."

은수의 손바닥이 땀으로 축축해졌다. 성현의 시선은 따뜻한 목소리와 대조될 만큼 날카로웠다. 바닥에 흩어진 자료들을 훑어보던 그의 눈빛이 천천히 은수에게로 향했다. 덜덜 떨며 자신을 제대로 쳐다보지 못하는 은수는 아무렇지 않은 척하고 있지만, 바닥에 널부러진 종이들은 그 노력을 무상하게 만들었다.

"네가 준비되면 천천히 설명해 줄 생각이었는데 그 시기가 예상보다 앞당겨졌구나."

착잡해 보이는 성현의 눈빛 이면에는 딸의 반응을 살피는 경계심이 엿보였다. 순간 은수의 눈에서 눈물이 왈칵 쏟아졌다. 은수는 성현을 노려보았다.

"거짓말."

은수는 낮게 울리는 목소리로 말했다.

"아빠는 전에도 이런 식으로 넘어갔어요. 무슨 말인지 모르겠다는 표정, 걱정하는 척하는 목소리로. 하지만 이

번에는 달라요!"

은수의 목소리가 흐느낌으로 갈라졌다. 은수는 떨리는 손으로 바닥에 흩어진 사진을 집어 들었다.

"이 사진들 좀 봐요."

은수는 성현의 가슴팍에 사진을 들이밀었다.

"왜 날 이용한 거예요? 왜 나한테 그런 끔찍한 짓을 했죠? 이런 실험을 지속한 이유가 뭐야. 내가 얼마나 고통스러웠는지 사진만 봐도 알 수 있잖아요!"

"사실 아빠도 마음이 너무 아팠단다."

성현은 슬픔에 잠긴 표정으로 은수에게 다가갔다. 은수는 흠칫 몸을 움츠렸다.

"사랑하는 딸, 하나밖에 없는 딸을 실험에 내보내는 내 마음은 어땠을지 조금도 고려하지 않는구나. 그때 우리에게는 다른 선택지가 없었어. 너도 알고 있잖니. 네가 특별하다는 걸. 네가 아니면 아무도 성공할 수 없었다는 걸."

성현은 시선을 회피하는 은수의 뺨을 가볍게 감싸쥐었다. 은수는 저항할 수 없었다. 성현은 안타깝다는 표정으로 딸을 바라보았다.

"네가 아프기 시작한 후로 아빠는 실험을 지속할 수 없었어. 어떻게 딸이 아파하는 걸 보고도 실험을 유지할 수 있겠니? 다른 연구원들은 실험을 계속해야 한다고 말했지만 듣지 않았어. 그때 아빠는 큰 결단을 내린 거야. 널 더 이상 희생시키지 않겠다고."

성현의 손에 더욱 힘이 들어갔다. 은수는 홀린 것처럼 고개를 끄덕였다.

"하지만 그때 네가 조금만 더 참았다면 실험은 성공했을 거야. 이렇게 많은 사람들을 끌어들일 필요도 없었겠지. 그렇지 않니?"

성현은 은수의 눈을 깊이 응시하며 말했다. 그의 눈빛은 마치 딸의 마음을 꿰뚫어 보는 듯했다. 은수는 그 말을 쉽사리 부정할 수 없었다.

'지금까지 나 때문에 얼마나 많은 사람들이 피해를 본 거지?'

탓해야 할 건 성현을 비롯한 연구원들이었음에도 은수는 알 수 없는 죄책감에 휩싸였다. 은수는 성현의 가슴팍에 기대어 조용히 눈물을 흘렸다. 따뜻한 체온과 익숙한 냄새에 순간 어린 시절로 돌아간 듯한 착각에 빠졌다. 혼자라는 고립감과 아버지에게조차 버려질지도 모른다는 두려움이 은수의 마음을 짓눌렀다. 은수는 떨리는 목소리로 아버지를 불렀다.

"아빠……. 그러면 이제 나는 어떻게 해야 하는 거예요?"

성현은 은수의 머리를 쓰다듬으며 말했다.

"이 고통스러운 마음도 시간이 지나면 다 괜찮아질 거야. 더 많은 사람들이 희생되지 않게 실험을 빨리 끝내자꾸나."

은수는 그의 말을 믿고 싶었다. 은수는 어린 시절 그랬
던 것처럼 성현의 품에 폭 안긴 채 눈을 감았다.

● 04

그날 이후 은수는 아버지와 많은 대화를 나누며 실험의
목표와 현 상황, 앞으로 해야 할 일들에 대해 파악했다. 성
현은 은수에게 실험 대상자 관리를 도우라고 했다.

"은수야, 너도 알다시피……."

성현은 책상 위에 놓인 두꺼운 서류 뭉치를 가리켰다.

"이 연구는 단순한 실험이 아니야. 인류의 미래가 걸린
중대한 프로젝트지. 그러니 지금 당장 멈출 수는 없어. 하
지만 네가 직접 그들의 상태를 살피고 필요한 조치를 취
해 준다면 실험을 더 빠르고 안전하게 마칠 수 있을 거야.
그렇게 해서 더 이상 희생자가 나오지 않게 하자꾸나."

은수는 실험 대상자의 고통을 덜어 줄 수 있다는 말에
마음이 끌렸다.

은수는 잠시 고민하다가 일을 받아들였다. 비록 자신은

실험체로서의 가치를 잃었지만, 연구원으로서 아버지를 도울 수 있다는 사실은 안도감을 주었다. 자신이 실험실을 떠난 탓에 다른 사람들이 피해를 입게 되었다는 죄책감, 이곳에서 버려지면 갈 곳이 없다는 불안감에 은수는 이 일을 일종의 구원으로 받아들였다. 은수는 자신이 겪었던 고통을 다른 사람들이 거듭하게 두지 않을 생각이었다.

'내가 막아야 해. 더 이상 누구도 나처럼 고통받지 않도록.'

은수는 지하 창고에 있는 원본 실험 자료들을 개인 데이터 저장소에 복사한 후 한동안 연구실에 틀어박혔다. 방대한 양의 자료를 꼼꼼히 살피며 은수는 밤샘 연구를 거듭했다. 단순히 실험의 효율성을 높이는 것이 아니라, 푸른 얼굴들의 고통을 최소화하고 안전을 보장할 수 있는 방법을 찾기 위해 몰두했다. 은수는 그게 자신이 할 수 있는 가장 책임감 있는 행동이라고 생각했다.

정리가 끝난 후 드디어 푸른 얼굴들을 만나러 갈 시간이 되었다. 은수는 굳은 결의를 다지며 실험실로 향했다. 복도 끝, 굳게 닫힌 문 너머로 어린 푸른 얼굴들의 울음소리가 들렸다.

은수는 떨리는 손으로 격리실 문을 열었다. 소독약 냄새가 코끝을 찔렀다. 푸른빛이 감도는 어두컴컴한 방 안에는 어린아이 두 명과 키 큰 소년 한 명이 앉아 있었다. 대부분 실험에 참여하러 간 것인지 침대 몇 개가 비어 있었다. 푸

른 반점으로 물든 아이들의 얼굴은 공포와 불안으로 가득
차 있었다.

"안녕하세요."

은수는 목소리를 가다듬으며 아이들에게 다가갔다. 어
색한 미소를 지으며 더듬거리는 말투로 인사를 건네는 은
수의 모습은 아이들이 보기에도 어딘가 불안해 보였다.
아이들은 침대 구석에서 몸을 웅크린 채, 겁먹은 눈으로
은수를 경계했다.

"시, 싫어요……. 더 이상 실험 같은 거 받고 싶지 않아."

은수가 그들에게 가까이 다가가자 한 아이가 떨리는 목소
리로 중얼거렸다. 은수는 아이의 말에 가슴이 내려앉았다.

키 큰 소년이 아이들을 제 등 뒤로 숨겼다. 짙은 푸른색
눈을 가진 소년이었다. 깡마른 몸에도 불구하고 팔에는 잔
근육이 잡혀 있었고, 푸른 눈은 마치 깊은 바다처럼 고요
하면서도 강한 빛을 내뿜고 있었다. 은수는 실험 대상 목
록에 있던 사진과 이름을 떠올렸다.

'강. 나와 동갑이었지.'

소년은 낮고 침착한 목소리로 말했다.

"처음 보는 얼굴이네요. 당신은 누구죠?"

은수는 소년의 당당한 태도에 놀랐다. 다른 아이들과는
달리 강에게서는 두려움이나 불안함을 전혀 찾아볼 수 없
었다. 실험 기록에 따르면 강은 홀로 강도 높은 실험에 혹

사당하고 있었는데도 말이다. 은수는 강의 질문에 어떻게 답해야 할지 몰라 망설였다. 자신을 연구원이라고 소개해야 할지, 아니면 너희들과 같은 실험에 참여한 적이 있는 피해자라고 해야 할지 고민되었다.

'솔직하게 말해 줘야 할까?'

은수가 좀처럼 답을 내놓지 못하고 머뭇거리자, 강은 팔짱을 끼고 은수를 뚫어지게 쳐다보았다. 그의 푸른 눈은 마치 은수의 속마음을 읽으려는 듯 날카롭게 빛났다. 은수는 강의 시선에 식은땀이 흘렀다. 그때 강의 눈에 은수의 흰 가운에 붙어 있는 명찰이 들어왔다. '조은수'라는 세 글자가 선명하게 박혀 있었다. 순간 강의 머릿속에 자신과 계약했던 남자의 얼굴이 떠올랐다.

"조성현 연구소장?"

강은 은수에게 들리지 않을 정도로 작은 소리로 탄식했다. 이가 절로 악물어졌다. 피가 차갑게 식는 것 같았다. 제 앞에 서 있는 연구원은 무성한 소문 속의 여자였다. 조성현의 딸이자, 이 모든 프로젝트를 조력하는 핵심 연구원. 푸른 얼굴들에게 고통을 주는 데 앞장서고 있다고 들었다. 강은 그 소문을 떠올리며 치를 떨었다. 강은 형편없이 구겨지는 얼굴을 숨기기 위해 고개를 숙였다. 꽉 쥔 주먹 안으로 손톱이 손바닥을 파고들었다.

하지만 무언가 이상했다. 소문과 달리 무척이나 작고 불안해 보였기 때문이다. 조은수는 이곳에서 본 다른 연구원들과 달리 나이도 어려 보였다. 강은 은수를 다시 한번 찬찬히 살펴보았다. 가늘게 떨리는 눈동자, 바짝 긴장한 어깨, 불안하게 꼼지락거리는 손가락까지. 그 어디에서도 푸른 얼굴들을 괴롭혔던 잔혹한 연구원의 모습은 찾아볼 수 없었다. 오히려 겁에 질린 작은 동물 같았다. 겉모습으로 사람을 판단하는 건 수많은 오류를 불러일으킨다는 걸 알지만, 강은 본능적으로 은수에게서 뭔가 석연치 않은 점을 느꼈다. 강은 제 등 뒤에 숨은 아이들을 격리실 구석 간이 검사실로 들여보냈다. 아이들은 겁먹은 새처럼 작은 문 안으로 재빨리 사라졌다.

"연구소장의 딸이 여기까지 온 이유가 뭐죠?"

은수는 강의 말투에서 날카로운 경계심을 읽었다. 그들이 자신을 경계하는 건 당연한 일이었다. 은수는 마음을 가다듬고 힘겹게 입을 열었다.

"맞아요. 당신 말대로 저는 조성현 소장의 딸이에요. 믿기 어렵겠지만, 저는 당신들을 돕고 싶어서 여기에 왔어요."

"우리를 돕고 싶다고?"

"정말이에요."

안절부절못하는 은수의 모습에 강은 코웃음 쳤다. 아무리 유약해 보여도 결국 조성현의 딸이었다. 푸른 얼굴들을 감시하기 위해 여기 온 게 분명했다. 푸른 얼굴 아이들은 무섭고 아픈 실험을 강제하는 연구원들을 두려워했지만, 조금만 마음을 줘도 금세 방심하고 마음을 여는 순진한 구석이 있었다.

'애들은 조금만 잘해 줘도 모든 걸 털어놓겠지. 조성현, 그 인간은 자기 딸까지 이용해서 푸른 얼굴들을 감시하려는 거야.'

강은 헛웃음을 지었다.

"웃기는 소리 하지 마! 당신 아버지와 연구원들은 선택의 여지가 없는 사람들을 끌고 와서 실험에 참가하라고 강요했지. 돕고 싶다고? 그 말이 얼마나 공허하게 들리는지 알기나 해? 이 아이들은 순진해서 속아 넘어갈지 몰라도 난 달라."

강은 감정을 진정시키기 위해 숨을 깊게 들이쉬었다. 그리고 좀 전보다 누그러진 목소리로 말했다.

"나는 당신들이 연구소에서 무슨 짓을 저지르는지 똑똑히 알고 왔어. 그러니까 앞으로 무슨 실험을 할 건지나 솔직하게 말해. 마음의 준비라도 할 수 있게. 어차피 우린 여기서 벗어날 수 없으니까."

강의 말이 틀린 것은 아니었다. 실험을 멈출 방법은 없으니까. 은수는 힘겹게 입을 뗐다.

"이 실험을 당하며 겪는 고통이 어떤 것인지 저도 잘 알고 있어요. 웜홀 에너지 실험은 연약한 아이들의 몸에 매우 치명적이죠. 끔찍한 고통, 몸이 찢어지는 듯한 괴로움 속에서 아이들은 비명조차 지를 수 없어요. 강도 높은 실험이 주는 스트레스는 정신을 붕괴시키죠. 실험 후유증으로 악몽에 시달리거나 몸에 이상이 생기는 경우도 많아요. 제가 이걸 아는 이유가 뭐라고 생각해요?"

실험의 고통. 그 기억들이 다시 은수의 뇌리를 스쳤다. 은수는 불쑥 고개를 쳐드는 트라우마에 눈을 질끈 감았다. 지하 창고에서 본 사진들은 무의식 아래 잠겨 있던 기억을 재생시켰다. 일상생활을 하다가도 과거의 기억들이 파도처럼 밀려와 몸서리쳤다. 은수는 신음하며 가슴을 움켜쥐었다.

은수의 몸이 격렬하게 떨리고 숨소리가 점점 거칠어지자, 강은 손을 뻗어 은수의 어깨를 잡았다.

"조은수!"

강은 은수의 이름을 부르며 어깨를 흔들었다. 조금 전까지 은수를 경계하고 의심했던 자신이지만, 눈앞에서 고통스러워하는 은수를 보고만 있을 수는 없었다. 은수의 창백한 얼굴과 가늘게 떨리는 몸을 보니, 강은 문득 은수가 측은하게 보였다. 강은 은수의 이마에 손을 얹어 열을 확인했다. 차갑게 식은 이마가 손바닥에 닿았다.

'내가 무슨 짓을 하고 있는 거지?'

조성현의 딸이라는 이유만으로 은수를 적대했는데, 지

금은 오히려 은수를 걱정하고 있었다. 혼란스러운 마음을 애써 감추며 강은 다시 한번 은수의 이름을 불렀다. 은수가 천천히 눈을 떴다. 흐릿한 시야 속에서 강의 푸른 눈이 보였다. 강은 여전히 은수를 의심하고 있었지만, 은수는 이상하게도 낯선 눈빛에서 온기를 느꼈다.

은수가 정신을 차린 후에도 두 사람은 한참 동안 아무 말도 하지 않았다. 어색한 침묵 속에서 은수는 신세를 진 것 같아 부끄러운 마음에 고개를 돌렸다. 강은 그런 은수의 모습을 가만히 지켜보았다. 무슨 말을 하면 좋을지 알 수 없었다. 두 사람 사이에 미묘한 긴장감이 흘렀다. 정적을 깬 것은 은수였다.

"이 웜홀 에너지 반응 실험의 첫 피해자는 저였어요."

"첫 번째 피해자라고요? 그게 무슨⋯⋯."

강은 혼란스러운 표정으로 은수에게 되물었다. 은수는 천천히 고개를 끄덕였다.

"믿기 어렵겠지만 사실이에요. 나도 당신들처럼 웜홀 에너지 실험 대상이었어요."

은수는 작은 펜던트 목걸이처럼 생긴 자신의 데이터 저장소를 꺼내 강에게 보여 주었다. 은수가 펜던트를 작동시키자 격리실에 있던 모니터가 켜지며 영상이 떠올랐다. 영상 속에는 은수가 실험을 당하는 모습이 고스란히 담겨 있었다.

은수는 강의 눈을 똑바로 바라보며 말했다.

"나는 진심으로 당신들을 돕고 싶어요. 물론 내게 실험을 중단시킬 권한이 있는 건 아니지만……. 당신들의 고통을 덜 수 있게, 최대한 빨리 실험을 끝낼 수 있게 도울 거예요. 더는 나 같은 희생자를 만들고 싶지 않으니까요."

은수의 목소리에는 간절함이 묻어 있었다. 강은 은수의 말에 마음이 흔들렸다. 하지만 완전히 의심을 거두기는 어려웠다. 강은 떨리는 목소리로 물었다.

"어떻게 도울 수 있다는 거죠?"

은수는 펜던트를 조작해 자신이 작성한 실험 가설을 모니터에 띄웠다. 화면에는 웜홀 에너지의 파장과 푸른 얼굴 아이들의 신체 변화 간의 상관관계를 분석한 복잡한 그래프와 수식들이 빼곡하게 나타났다.

"아직 확실한 건 아니지만 제가 생각한 방법이 있어요. 기존 연구원들이 미처 고려하지 못한 데이터가 있거든요. 그거면 실험의 진행 방향을 바꿀 수 있어요. 하지만 아직 충분하지 않아서 당신과 아이들의 의견이 필요해요."

강은 화면에 띄워진 가설을 살펴보았다. 복잡한 수식과 그래프는 정규 교육을 받은 적 없는 강에게는 이해할 수 없는 암호처럼 보였다. 강은 생각에 잠겼다. 은수는 자신과 같은 고통을 겪고도 실험을 아예 중단시킬 생각은 전혀 하지 않았다. 그 점만큼은 다른 연구원들과 다르지 않았다.

하지만 강의 입장에서도 실험이 바로 중단되는 건 위험했다. 강은 푸른 얼굴 공동체의 안전을 보장받기 위해 실험에 참가한 것이니까. 실험체로서 가치가 없어지면 그 약속은 휴지 조각이 될 테고 푸른 얼굴들은 구역 바깥으로 쫓겨나게 될지도 모른다.

'어쩌면 이게 우리에게 주어진 유일한 기회일지도 몰라.'

은수는 실험의 방향을 바꿔 희생을 최소화하고 싶어 했다. 덜덜 떨리는 목소리에서 진심이 느껴졌다. 아이들의 고통을 줄이고, 더 나아가 푸른 얼굴 공동체를 지킬 수 있다면 강은 마지막 희망을 은수에게 걸어 보기로 했다.

"원래 푸른 얼굴들이 사는 방식은 최선이 아닌 차악을 고르는 거예요. 당신을 믿는 건 내가 택할 수 있는 그나마 나은 방식인 것 같네요. 좋아요. 믿어 볼게요."

강은 은수의 눈을 똑바로 바라보았다.

이후 두 사람은 머리를 맞대고 실험 방향을 바꾸기 위한 계획을 세웠다. 은수는 연구를 거듭하며 새로운 가설을 검증했다. 강은 실험 방식에 대한 푸른 얼굴들의 의견을 모아 은수에게 전달했다. 은수는 격리실을 오가며 아이들을 돌보는 것도 잊지 않았다. 그러면서 은수는 처음으로 누군가와 진심으로 마음을 나누는 기쁨을 느꼈다. 아이들 역시 서툴지만 진심으로 다가오는 은수에게 마음을 열었다.

특히 강과 은수는 서로에게 깊은 유대감을 느끼는 사이

가 되었다. 마치 오랜 시간 알고 지낸 친구처럼, 두 사람은 서로에게 마음을 터놓고 속 깊은 이야기를 나누었다. 강은 은수에게 구역 바깥세상에 대한 이야기를 들려주었다.

바깥은 녹슨 쇳덩이 잔해들이 곳곳에 널려 있어 발을 디딜 때마다 조심해야 하는 곳이며, 숨을 쉴 때마다 코와 입으로 미세한 먼지가 가득 들어차 기침이 나고 숨 쉬기조차 어려운 곳이었다. 은수가 고전 소설에서 읽은 것과는 달리, 그곳에는 푸른 하늘 아래 펼쳐진 드넓은 초원도, 밤하늘을 수놓은 반짝이는 별들도 없었다.

"네가 생각하던 게 아니구나?"

강은 은수의 표정을 살폈다. 한번도 밖에 나가 본 적 없는 구역민들조차 바깥세상의 황폐함에 대해서는 잘 알고 있었다. 하지만 연구소에서만 생활했던 은수에게 지금까지 구역 바깥은 고전 소설 속 낭만적인 세상이었다. 은수는 고개를 끄덕이며 아쉬움을 감추지 못했다.

"그래도 사람이 영 못 살 곳은 아냐. 처음 구역을 나가 생활하게 되었을 때만 해도 정말 힘들었지만……."

"대단하네."

"별말씀을. 그냥 살아남기 위해 노력했을 뿐이야."

강은 쑥스러운 듯 웃으며 말했다. 바깥에 대해 말하는 강은 이상하게도 행복해 보였다. 은수는 그런 강의 얼굴을 보며 몰래 미소지었다.

강은 푸른 얼굴들에 대한 이야기도 들려주었다. 푸른 얼굴들은 저마다 다른 사연을 가지고 있었다. 대부분 태어날 때부터 푸른 피부를 가지고 바깥세상에서 살아온 외인 출신이지만, 어떤 사람들은 구역 난민으로 떠돌다가 푸른 얼굴 공동체에 합류했다는 사실도 은수는 강을 통해 알게 되었다.

"나도 원래는 난민이었어."

강은 자신이 푸른 얼굴 공동체에 합류하게 된 계기, 특별한 지도자 만, 유랑 생활에 대한 이야기도 들려주었다. VIP의 의뢰를 수행하기 위해 구역 곳곳을 떠돌았던 이야기, 푸른 얼굴을 납치해 노예로 부리려 했던 구역민들과 맞서 싸운 이야기, 밀수품을 들여오기 위해 썼던 꼼수들까지도.

은수는 강의 이야기를 통해 푸른 얼굴들이 어떤 사람들인지 알 수 있었다. 은수는 강을 비롯한 푸른 얼굴들에게 애정을 느꼈다.

하지만 두 사람의 행복한 시간은 오래가지 못했다. 연구원들은 실험 참가자 중 가장 건강하고 인내심이 강한 강을 눈여겨보고 있었다. 그들은 가혹한 조건의 실험에 강을 여러 번 투입시켰다. 강은 묵묵히 고통을 견뎌 냈지만 몸은 점점 한계에 이르렀다.

은수가 프로젝트에 참여하면서부터 실험 환경은 크게

변했다. 덕분에 새로운 실험 참가자들은 이전보다 훨씬 나은 환경에서 실험에 참여할 수 있었지만 이미 지난 일 년 동안 많은 실험에 투입된 강에게는 별 의미가 없었다. 강의 몸은 이미 돌이킬 수 없을 만큼 손상되었다.

은수는 강의 고통을 보며 가슴이 아팠다. 은수는 강을 돕기 위해 병세를 완화시킬 방법을 찾았다. 아버지의 개인 연구실에 있는 고급 진통제를 빼돌려 강에게 투여하기도 했다. 하지만 강의 몸은 손쓸 수 없을 만큼 약해졌다. 은수가 걱정스러운 눈빛으로 강을 바라보면 강은 은수를 안심시키기 위해 애써 웃었다.

"괜찮아. 구역 밖에서도 이런 일은 종종 있었는걸. 너무 걱정하지 마."

하지만 은수는 강의 말을 믿을 수 없었다. 강은 밤마다 기침을 쏟아 내느라 제대로 잠을 자지 못했다. 몸은 끊임없이 뜨거워졌다 식기를 반복했고, 전신에 피어오른 옅은 푸른 반점은 점점 더 짙고 넓게 퍼져 나갔다. 푸른 눈동자에는 안개가 드리워 더 이상 밝은 빛이 돌지 않았다.

은수는 예전에 강이 들려주었던 이야기를 떠올렸다. 강이 이곳에 들어온 건 자신을 희생해서라도 푸른 얼굴 공동체를 지키기 위해서였다. 더 정확하게는, 인근 구역이 다시 개방될 때까지 이곳에 머무르며 시간을 벌기 위해서였다. 애초에 강과 푸른 얼굴들이 예상한 시간은 한 달, 길어 봐야 두 달이었다.

하지만 벌써 일 년 넘는 시간이 흘렀다. 그동안 은수는 강을 돕기 위해 은밀하게 연구소 바깥으로 나가 만과 호수를 만난 적이 있었다. 아무래도 이들을 다시 만나 상의할 필요가 있었다. 은수는 수면제를 먹고 잠든 강의 손을 잡고 속삭였다.

"강, 잠깐만 밖에 다녀올게."

은수는 만과 호수를 만나기 위해 예전에 주고받았던 통신 장치에 알림을 보낸 후 지하 창고로 들어갔다. 지하 창고에는 바깥과 이어지는 비밀 통로가 있었다. 은수는 주위를 경계하며 조심스럽게 발걸음을 옮겼다. 푸른 얼굴들의 체류지는 연구소와 멀리 떨어진 곳에 있었다. 한 시간 남짓 걸었을까, 은수는 저 멀리 희미한 불빛이 깜빡이는 것을 발견했다. 푸른 얼굴들이 모여 있는 곳이었다.

은수는 떨리는 손으로 녹슨 철문을 두드렸다. 만과 호수가 문 밖으로 나와 은수를 반겼다.

"상황이 좋지 않아. 여전히 문을 개방할 기미가 안 보여. 오히려 구역 경계에 머물고 있는 푸른 얼굴들마저 쫓아내고 있다고 하더군. 그 아이가 기껏 희생하며 우리를 지켜주고 있는데……."

만은 어두운 표정으로 말했다. 만의 목소리에 죄책감과 안타까움이 짙게 묻어났다. 바깥 상황은 계속 나빠지고 있었다. 푸른 얼굴들은 점점 더 궁지에 몰렸다. 탈출 계획에는 아무런 진전도 없었다.

"강의 상태는 어떻다고?"

만이 물었다. 은수는 잠시 망설이다가 입을 열었다.

"강은 실험 부작용으로 몸이 많이 약해졌어요. 실험 환경을 바꾸긴 했지만 소용 없었어요. 이미 웜홀 에너지에 많이 노출된 탓이에요. 강이 참여하는 실험을 줄이기 위해 손쓰고 있지만, 제 권한이 그렇게 크진 않다 보니 한계가 있어요."

은수의 말에 만과 호수는 할 말을 잃었다. 잠시 후 은수가 결연한 목소리로 말했다.

"차라리 강을 탈출시켜요. 실험이 아직 남긴 했어도 프로젝트에 필요한 데이터는 이미 다 나온 상태예요. 아쉬움이 없는 건 아니겠지만, 강이 사라져도 프로젝트는 잘 굴러갈 거예요. 결과를 정리하느라 바빠서 당신들을 붙잡을 여유도 없을 거고요. 저는 강에게 필요한 약을 빼돌릴게요."

만과 호수는 은수의 갑작스러운 제안에 놀랐다.

은수는 강이 이들을 따라 떠난다면 다시는 볼 수 없다는 것을 잘 알고 있었다. 그래도 은수는 강이 연구소에서 죽는 것보다 푸른 얼굴들과 마지막을 보내는 것이 더 나을 거라 생각했다. 잘하면 바깥에서 건강을 회복할 수 있지 않을까. 지나치게 낙관적인 생각이긴 했지만 은수는 강의 죽음 같은 건 상상조차 하고 싶지 않았다.

만은 깊은 생각에 잠겼다. 은수의 말대로 강을 탈출시키는 것이 최선일지도 몰랐다. 지난 일 년간 이곳에 머무르며 많은 물자를 비축했을 뿐 아니라 다른 구역에서 탐낼 만한 물건들을 수집해 놓았다. 이 정도면 바깥에서도 오래 버틸 수 있을 터였다. 어쩌면 문을 걸어 잠근 구역들과 협상해 볼 수 있을지도 모른다. 만은 고개를 끄덕였다.

"그래, 이제 때가 된 것 같다."

은수는 두 사람과 탈출 계획을 논의하다가, 시간이 더 늦어지기 전에 연구소로 돌아왔다. 혹시라도 강의 상태가 악화될까 봐 걱정이 되어서였다. 연구소로 돌아오니 잠에서 깬 강이 침대에 앉아 창밖을 응시하고 있었다.

"강!"

강은 아까보다 상태가 나아진 것 같았다. 핏기 없이 창백했던 얼굴에 희미하게나마 혈색이 돌고 눈빛도 한결 맑아 보였다. 은수는 강의 이마에 손을 얹었다. 미열이 남아 있긴 했지만 전처럼 뜨겁지는 않았다.

"어디 갔다 온 거야?"

"잠깐 바람 쐬고 왔어."

은수도 강이 바라보고 있던 창밖을 응시했다. 강은 그런 은수의 얼굴을 말없이 쳐다보았다. 은수는 심호흡을 한 후 연구소 밖에서 있었던 일을 털어놓았다.

"사실 만과 호수에게 다녀왔어. 그들은 구역을 떠날 준비를 시작했어. 나는 여기서 너를 탈출시킬 계획이야. 그들과 함께 여길 떠나."

"드디어 떠나는구나. 그러면 너와 대화를 나눌 수 있는 시간도 얼마 남지 않은 거네."

강은 덤덤하게 말했지만, 얼굴은 복잡한 감정으로 가득했다. 은수는 강이 무슨 생각을 하고 있는지 알아차렸다. 웜홀 에너지 실험은 거의 막바지에 이르렀다. 오늘 당장 모든 실험체가 탈출해도 결과를 정리하는 데에는 아무 문제가 없었다. 레나투스 프로젝트도 어느새 끝을 바라보고 있었다. 은수의 아버지는 이주가 시작되자마자 바로 우주선에 오를 사람이었다. 푸른 얼굴들이 다른 구역으로 떠나면, 은수도 곧 아버지를 따라 이곳을 떠나 새로운 삶을 시작하게 될 것이다. 다시는 강을 만날 수 없을지도 모른다. 은수는 그 사실을 애써 외면했다.

"언젠가는 다시 만날 수 있지 않을까?"

"그래, 언젠가는."

강이 힘없이 웃자 은수도 마주 웃었다.

강과 은수는 남은 시간 동안 이런저런 대화를 나누었다. 늘 하던 이야기와 별반 다르지 않은 시시한 말들이었지만, 은수는 모든 순간이 소중하고 애틋했다.

며칠 후, 드디어 만과 약속한 날짜가 되었다. 은수는 지하 창고의 비밀 통로를 몰래 열어 두었다. 혹시라도 누군가가 눈치챌까 봐 조마조마했지만 다행히 아무도 은수의 행동을 의심하지 않았다. 은수는 아무 일도 없었다는 듯 연구실에 돌아와 연구를 도왔다. 하지만 은수의 마음은 온통 강의 탈출에 쏠려 있었다.

'무사히 통로를 찾았을까?'

온갖 생각들이 머릿속을 스쳐 지나갔다. 은수는 초조하게 시계만 바라보며 시간이 빨리 흐르기를 바랐다.

실험체의 집단 탈출 소식은 오후가 다 되어서야 알려졌다. 격리실에 있던 실험체가 모두 사라졌다는 방송이 연구소 전체에 울려 퍼졌다. 연구원들은 당황한 기색을 감추지 못했다. 누가, 어떻게, 왜 이런 일을 벌인 것일까? 무수한 추측이 오갔다. 그중 은수와 관련된 이야기는 전혀 없었다. 아무도 은수가 이 일에 가담했을 거라고 상상하지 못했다. 연구원들이 생각하는 은수는 아버지의 그늘에 숨어 지내는 나약한 실험체였기 때문이다. 은수는 그들의 시선을 이용했다. 아무도 의심하지 않은 덕분에 탈출 계획을 착실히 수행할 수 있었다.

하지만 성현의 예리한 시선은 피할 수 없었다. 그는 은수를 소장실로 불렀다. 사실 은수는 이 일을 저지르면서 아버지가 눈치챌 거라고 짐작했다. 모든 걸 감수하고 벌인 일이었다. 은수는 마음을 다잡고 결연히 문을 열었다.

"은수야, 이리 와 앉아라."

성현은 뜻밖에도 부드러운 목소리로 은수를 맞았다. 은수는 조심스럽게 아버지의 맞은편에 앉았다.

"나는 이미 몇 시간 전에 실험체들이 연구소를 탈출했다는 보고를 받았다. 체류지에 있는 다른 푸른 얼굴들과 함께 바깥으로 도주했지."

은수는 시선을 피하며 속으로 안도했다. 아버지의 말로 미루어 볼 때 그들은 무사히 탈출한 것 같았다.

"네가 도왔겠지. 너는 항상 그 아이들을 걱정했으니까. 하지만 네 행동으로 인해 연구소 전체가, 아니 이 구역 전체가 위험에 빠질 수도 있었어."

아버지의 말에 은수는 잠시 말을 잃었다. 눈동자는 흔들리고 입술은 파르르 떨렸다. 은수는 한참 후에야 겨우 입을 떼었다.

"그들은 단지 머물 곳이 필요했을 뿐이에요. 게다가 연구소는 푸른 얼굴들에게 필요 이상의 실험을 강요했어요. 이제 레나투스 프로젝트에 필요한 데이터는 다 얻었구요. 이 자료를 봐요."

은수는 데이터 저장소에서 보고서를 열었다. 홀로그램 화면에는 레나투스 프로젝트의 진행 상황과 실험 데이터, 분석 결과가 빼곡하게 나타났다.

"보시다시피 웜홀 에너지 안정화를 위한 실험 데이터는 이미 충분해요. 이주에 필요한 기술도 확보했고요. 더 이상 위험한 실험을 강행할 필요가 없어요."

성현은 고개를 끄덕이며 웃었다.

"애초에 너를 탓할 생각은 없었다. 잘했어. 네 말대로 필요한 데이터는 모두 준비되었어. 곧 레나투스 프로젝트의 모든 단계가 완료될 거야. 이제 곧 선발대가 뉴얼로 떠난단다. 앞으로 십 년 안에 모든 사람을 뉴얼로 이주시키는 게 목표지. 나는 오래전부터 이 순간을 꿈꿔 왔단다. 실험에 참가한 푸른 얼굴들도 이주 자격을 받길 원했지. 하지만 안타깝게도 연구소는 이주 자격을 결정할 권한이 없단다. 모든 건 구역 연합의 결정에 따라 순차적으로 이루어질 거야. 당장 모든 사람이 뉴얼에 갈 수는 없지 않겠니."

아버지의 말에 은수는 혼란스러웠다. 마침 골칫거리였던 실험체들을 시기적절하게 내쫓아 줘서 고맙다는 뜻이었다. 은수는 씁쓸한 기분을 감출 수 없었다. 푸른 얼굴들의 탈출을 도왔지만, 결국 그들을 이용한 아버지와 연구소의 논리에 자신도 모르게 가담한 것이다.

"그럼 뉴얼 이주가 시작되면 푸른 얼굴들은 어떻게 되는 거예요? 그곳에 같이 갈 수 없는 건가요?"

"이 프로젝트에는 막대한 자원이 투입되었지. 수많은 사람들이 희생했고. 너희 할아버지뿐만 아니라 일반 구역민들도 마찬가지지. 그래, 레나투스 프로젝트의 성공은 모든 구역민이 각자의 위치에서 노력한 결과야. 반면 푸른 얼굴들은 구역의 자원을 축내기만 할 뿐 인류의 미래에 아무런 기여도 하지 않았어. 그러니 이 구역에서 살아갈 자격도 없고, 뉴얼에 갈 자격도 없다."

은수는 아버지의 논리에 화가 났다.

"이해가 안 돼요. 우리는 푸른 얼굴들이 가져오는 물자에 많이 의존하고 있잖아요. 연구소에서 쓰는 약품도 그들이 가져오는 거잖아요. 게다가 실험에 직접 참여한 푸른 얼굴들도 있는데요?"

"어떤 푸른 얼굴은 예외가 될 수도 있겠지. 내가 너무 냉정하게 말했구나. 우리는 구역 연합의 결정을 따르면 돼. 자격만 있다면 누구나 뉴얼에 갈 수 있어."

성현은 은수가 어떤 의문을 제기하더라도 대답할 준비가 되어 있었다. 그렇다고 은수의 의견을 수용한다는 뜻은 아니었다. 은수는 아버지와의 대화가 늘 일방적이라고 느꼈다. 아버지는 항상 은수를 가르치려 들었지, 은수의 생각을 이해하려 하지 않았다. 지금도 마찬가지였다. 은수는 아버지의 뒤틀린 정의감에 신물이 났다.

"은수야, 그동안 참 고생 많았다. 네가 이렇게 성장해서 아빠와 함께 인류의 미래를 논할 수 있다니, 아빠는 네가 정말 자랑스럽단다. 궁금한 게 있다면 언제든지 물어보렴."

성현은 다정한 아버지인 양 은수의 손을 잡았다.

"아뇨, 이제 됐어요."

은수는 아버지의 손을 뿌리치고 자리에서 일어났다.

● 05

실험체 집단 탈출 사건은 연구소장의 적극적인 은폐하에 수면 아래로 가라앉았다. 그 후 연구원들은 남은 데이터를 정리하여 레나투스 프로젝트의 마지막 퍼즐을 맞췄다. 강과 푸른 얼굴들이 구역을 떠난 후 삼 년 만의 일이었다.

구역 연합은 이를 기념하며 뉴얼 이주 십 개년 계획을 발표했다. 앞으로 몇 년간 레나투스 프로젝트 연구진을 필두로 다양한 분야의 전문가들이 뉴얼에서 정착 기반을 마련할 것이며, 구역민들은 그 이후에 순차적으로 이주하게 될 예정이라는 내용이었다. 구역민들은 환호성을 지르며 거리로 쏟아져 나왔다. 그들은 환희에 차 연일 축제를 벌였다.

은수는 여전히 레나투스 프로젝트에 회의적이었다. 뉴얼에서 생활하는 건 상상만큼 쉬운 일이 아닐 게 분명했다.

뉴얼의 환경이 아무리 과거 지구와 비슷하다고 해도 지구와 뉴얼은 본질적으로 전혀 다른 생태계였다. 지구인이 뉴얼의 세균과 바이러스에 적응할 수 있을지 장담할 수 없었다. 특히 구역민들은 강박적인 위생 상태를 유지하는 인공 생태계에서만 살아왔기 때문에 아주 사소한 이유로도 심각한 병에 걸릴 수 있었다. 구역에서는 인간의 필요에 의해 길러진 농작물이나 몇 가지 가축을 제외하곤 생명체를 찾아볼 수 없었지만, 뉴얼은 달랐다. 먼저 뉴얼에 다녀온 탐험가들의 증언에 의하면 뉴얼은 그야말로 야생 그 자체였다. 지구에서 '야생'이라 불리는 구역 바깥도 뉴얼의 상황과 비교하면 매우 초라했다. 연구소에서는 다양한 약물과 바이러스에 대한 인체 반응을 확인하는 실험을 진행했다. 뉴얼에서 생존하기 위해 필요한 최소한의 면역 조건을 확인하기 위해서였다. 은수는 자신과 강이 참여했던 웜홀 에너지 실험 못지않게 그 실험들도 끔찍했을 거라는 걸 잘 알았다. 생각할수록 비위가 상했다.

성현은 헛기침을 하며 은수가 서 있는 창가 쪽으로 다가왔다.

"은수야, 너도 알고 있겠지만 프로젝트에 참여한 연구원은 모두 특별 이주 자격을 부여받았어. 구역 연합에서도 조만간 연구원들을 위한 축하식을 열 거라고 하는구나."

성현의 말투는 매우 조심스러웠지만 들뜬 기색이 역력

했다. 그런 아버지에게 은수는 마지못해 대꾸했다.

"축하해요, 아버지."

"사실 이렇게 일이 잘 풀린 데는 너의 공이 크단다. 연합에서도 인정한 사실이지. 축하식에서 우린 정식으로 특별 이주 자격을 받게 될 거야."

"그 다음은 뭐죠?"

"뉴얼에 갈 준비를 해야겠지. 우선 백신을 접종하고 웜홀 비행 훈련을 할 거야. 그리고 뉴얼에 가면 정착 캠프로 가 뉴얼에서 살아가는 방법을 배우게 될 거란다."

성현의 말에 은수는 생각이 많아진 듯 턱을 괴고 먼 곳을 응시하다 조심스럽게 입을 열었다.

"만약 가고 싶지 않다면요?"

성현의 눈썹이 치켜 올라갔다. 은수는 그 시선을 피하지 않고 다시 한번 말했다.

"제가 여기에 남기로 한다면 어떻게 되는 거죠?"

은수의 말에 성현은 정색하며 답했다.

"그럴 수는 없어. 네가 원한다면 마음의 준비가 될 때까지 출발 시기를 조금 늦출 수는 있겠지만 지구에 남는 건 허용되지 않아. 구역 연합은 이주 자격을 가진 모든 구역민을 반드시 뉴얼에 보내겠다고 했어. 뉴얼 이주가 시작되면 구역은 하나씩 폐쇄될 거야. 구역 시스템과 연합이 사라지면 과연 얼마나 오래 살아남을 수 있을까? 탐욕스러운 푸른 얼굴들에게 밀려 일주일도 버티지 못할 거야. 단지 뉴얼 이주가 두렵다는 이유만으로 지구에 남는 게 얼마나 위험한 선택인지."

"구역민만 이주 자격이 있다고 들리네요."

"예전에도 얘기했지만 자격만 있다면 누구나 갈 수 있단다. 구역민을 우선시하는 건 맞다. 하지만 그건 어쩔 수 없는 선택이야. 뉴얼은 아직 완벽하게 준비된 곳이 아니야. 제한된 자원과 위험한 환경 속에 모두를 수용할 수는 없어."

"푸른 얼굴들도 우리와 똑같은 인간이잖아요."

은수의 말에 성현은 고개를 저었다.

"세상은 네가 생각하는 것처럼 단순하지 않아. 푸른 얼굴들은 우리와 너무 달라. 구역 시스템을 경험해 본 적 없는 사람들을 어떻게 통제할 수 있을까? 게다가 구역 바깥에서 온 오염 물질과 질병은 어쩌고? 푸른 얼굴을 뉴얼로 데려가는 건 너무 위험해."

"너무 다른 사람이라면서 구역민만을 위한 프로젝트 실험에 동원했죠. 목숨을 담보로 한 위험한 실험이었는데, 이제 와서요?"

성현은 이렇게까지 푸른 얼굴들을 위하는 딸을 이해할 수 없었다. 딸이 마치 자신과 동등한 위치에 선 것처럼 구는 것도 짜증스러웠다. 은수는 어려서부터 연구소에서만 지낸 탓에 '푸른 얼굴'이 무엇을 의미하는지조차 모를 만큼 세상 물정에 어두웠다. 그랬던 아이가 웜홀 에너지 실험을 관리하면서부터 푸른 얼굴들에게 지나치게 감정이입을 했다. 예전에는 실험 결과만 잘 나온다면 상관없다는 생각에 대수롭지 않게 여겼다. 뒤에서 수상한 일을 저지르고 다닌다 해도 상관없었다. 자신 앞에서는 항상 순종적이고 얌전한 딸이었으니까. 마음이 약한 은수는 몇 마디 말로도 쉽게 구슬릴 수 있었다. 하지만 오늘은 딸을 설득하려면 많은 시간이 걸릴 것 같았다.

"네가 그렇게 좋아하던 푸른 얼굴들이 위험한 웜홀 에너지 실험에 참가한 이유가 뭔지 아니? 바로 뉴얼 이주 자격 때문이었어. 그중에는 임시 거주지나 돈으로 회유할 수 없는 놈들도 있었는데 뉴얼 이주 자격을 제시하자마자 바로 태도를 바꾸더구나. 실험 전까지만 해도 뉴얼이 뭔지도 몰랐던 사람들이 말이야. 네 친구들이 그토록 간절하게 바라던 기회를, 너는 그렇게 가차 없이 내던지겠다는 거야?"

아버지의 말에 잠시 은수의 눈빛이 흔들렸다. 그러나 은수는 아버지의 교묘한 협박에 속지 않았다.

"네, 맞아요. 저는 뉴얼에 가지 않을 거예요. 아버지가 푸른 얼굴들과 한 약속을 지키지 않는다면요. 저는 그들을 두고 갈 수 없어요."

"조은수! 구역 연합은 이주 자격이 있는 사람들을 추적

하고 있다. 그리고 난 구역 내부 사정을 훤히 들여다볼 수 있지. 이주 계획이 끝날 때까지 연합과 나의 눈을 피해 도망쳐 살 수는 없어! 설사 그렇게 산다 해도 언젠간 후회하게 될 거야. 너는 항상 내 보호 아래에서 안락하게 살아왔을 뿐이니까. 사실 특별 이주 자격을 얻은 것도 내 덕분이지. 넌 연구소장의 하나뿐인 가족이니까!"

성현은 딸의 나약함을 질책하며 차가운 목소리로 말했다.

"그래요……. 아버지 말이 맞아요. 전 아버지 덕분에 지금까지 살아남을 수 있었어요. 물론 죽을 뻔한 것도 당신 탓이지만!"

은수가 씩씩거리며 말하자 성현은 이성을 잃은 듯 딸의 멱살을 움켜쥐었다. 갑작스러운 아버지의 행동에 은수는 놀란 눈으로 성현을 올려보았다. 은수는 힘껏 저항했지만 성현의 손아귀는 단단했다. 성현의 얼굴은 분노로 일그러졌다.

"아, 아빠……?"

성현은 흠칫 놀라 손을 놓고 뒤로 물러섰다. 변명하듯 미안하다는 말을 반복했다. 그간 딸에게 모진 말을 한 적은 있어도 손을 댄 적은 한 번도 없었다. 성현은 자신이 한 짓을 믿을 수 없었다.

성현은 그의 방식으로 딸을 사랑했다. 아내를 잃고 세상에 홀로 남았을 때, 슬픔을 위로해 준 건 아내를 닮아 귀엽고 영특한 딸 은수였다. 성현은 은수가 오래 살아갈 수 있는 세상을 만들고 싶었다. 아버지에 대한 존경심으로 이어받은 뉴얼 연구 프로젝트에 혼자 남은 딸을 지켜야 한다는 책임감이 더해지면서 성공에 대한 집착은 점점 커져 갔다. 그 과정에서 성현은 인류를 구해야 한다는 사명감에 잠식되었다. 딸이 실험에 동원되어 고통스러워하는 모습을 보며 아팠던 가슴은 시간이 흐르며 점점 무뎌졌다. 하지만 조금 전, 성현은 자신의 행동에 죄책감을 느꼈다. 성현은 입술을 떨었다. 무슨 말을 해야 할지, 어떻게 용서를 구해야 할지 알 수 없었다.

"이 이상 다가오지 마세요."

은수는 팔을 뻗어 아버지를 막아섰다.

"제 얘기 못 들으셨어요?"

"아빠는 정말 그럴 생각이 아니었다."

성현은 딸의 싸늘한 시선에 당황하며 말을 더듬었다. 방금 전까지 멱살을 잡았던 손이 허공에서 어색하게 멈춰 있었다.

"이제 와서 무슨 말을 더 하시게요?"

딸의 말이 옳았다. 성현은 딸을 사랑한다고 말하면서도 결국 자신의 욕심 때문에 딸을 이용해 왔다.

"정 그렇게 미안하다면 제 부탁을 들어주세요. 실험에 참여한 다른 푸른 얼굴들은 아직 체류지에 머물고 있을 거예요. 적어도 실험에 참가한 푸른 얼굴에게만큼은 이주 자격을 주세요."

은수의 말에 성현은 복잡한 표정을 지었다. 딸의 차가운 눈빛이 그의 가슴에 비수처럼 꽂혔다. 성현은 이번 부탁을 들어주지 않으면 이 대화가 딸과 나누는 마지막 대화가 되리라고 직감했다. 딸을 속여 웜홀 에너지 실험에 투입했을 때부터 조금씩 금이 가기 시작한 신뢰는 이제 돌이킬 수 없을 만큼 무너졌다. 뒤늦게 수습해 봐야 성현의 기억 속, 품 안에서 웃던 어린 딸은 영원히 돌아오지 않을 것이다. 성현은 중요한 것을 영영 잃고 말았다는 생각이 들었다. 때늦은 회한이 밀려왔다.

"연합을 설득하는 건 쉽지 않을 거야."

"그렇겠죠. 거기도 당신 같은 사람들뿐일 테니."

은수는 차가운 목소리로 성현을 조롱했다. 성현은 아무 말도 하지 못했다.

"그들을 데려가지 않으면 실험 자료를 전 구역에 공개하겠어요. 프로젝트 실험 전 과정에서 나타난 부작용을 알게 된다면 모두 충격받겠죠. 웜홀 에너지 적응 실험 과정에서 발생한 급성 세포 괴사, 다발성 장기 부전, 뇌신경 마비 증상 그리고 실험체들의 끔찍한 죽음까지 모두 알릴 거예요."

은수의 말에 성현의 얼굴이 창백해졌다.

"외부에 공개되지 않은 뉴얼의 위험 요소도 마찬가지예

요. 우리가 뉴얼 생태계에 대해 밝혀낸 정보가 극히 일부라는 사실이 알려지면 어떨까요? 우리가 미처 확인하지 못한 뉴얼 토착 미생물이 지구 바이러스와 결합해 새로운 질병을 일으킬지도 모르죠."

은수는 성현의 표정 변화를 주시하며 말을 이었다.

"사람들은 아주 작은 의심에도 쉽게 불안해해요. 뉴얼 이주에 대한 신뢰도가 떨어지면 이주 계획 전체가 좌초될 수도 있겠죠. 아버지가 그토록 공들여 온 뉴얼 이주 프로젝트가 제 손에서 무너지는 걸 보고 싶으세요?"

은수는 마지막 말을 내뱉으며 아버지의 눈을 똑바로 응시했다. 성현에게 프로젝트를 무산시키겠다는 협박은 먹히지 않았다. 연합은 마음만 먹으면 언론을 장악하고 사람들 사이에 조용히 퍼지는 소문까지도 틀어막을 수 있는 권력을 가진 기관이었다.

하지만 성현은 딸의 말을 무시할 수 없었다. 구역 연합에 계획이 발각될 경우 은수는 반역자로 낙인 찍혀 가혹한 처벌을 받을 터였다. 자신 또한 처벌을 면하기 어려우리라는 확신이 성현의 목을 조여 왔다. 생각이 거기에 다다르자 성현은 깊은 한숨을 토하며 힘겹게 고개를 끄덕였다.

"알았다. 연합은 내가 어떻게든 설득해 보마."

"옳은 결정을 내리셨네요."

은수는 희미하게 미소 지었다. 그러고는 곧장 돌아서서

방을 나섰다.

성현은 결국 딸을 잃을 수 없다는 절박함에 굴복했다. 특별 이주 자격자는 다른 사람보다 먼저 뉴얼에 갈 수 있었지만, 성현은 딸을 위해 승선일을 미루었다. 은수는 자신만큼 이 일에 열심인 아버지를 보며 적잖이 놀랐다. 성현은 딸과의 약속을 지키기 위해 전력을 다했다. 그는 밤낮없이 연합 관계자들을 만나 설득하고, 때로는 협박하기도 했다. 푸른 얼굴의 인권을 보호해야 한다는 여론을 조성하고, 몇몇 핵심 인사를 포섭하여 지지를 얻어 냈다.

결국 연합은 푸른 얼굴의 뉴얼 이주를 제한적으로 허용하기로 결정했다. 그러나 성현은 안도할 수 없었다. 연합이 푸른 얼굴의 이주 자격을 엄격하게 제한했기 때문이다. 푸른 얼굴은 반드시 자신의 신분을 증명해야 했다. 이는 사실상 푸른 얼굴의 이주를 막기 위한 조치였다. 푸른 얼굴은 대부분 체류 기록이 없거나, 구역이 폐쇄되면서 기록이 말소되어 신분을 증명할 수 없었다. 성현은 딸과 한 약속을 지켜야만 했다. 그는 푸른 얼굴이 이주 자격을 얻을 수 있도록 밤낮으로 서류를 검토하고 관계자들을 만나 설득했다.

그리고 마침내 두 사람의 승선일이 다가왔다. 은수는 복잡한 감정을 안고 아버지와 함께 뉴얼행 우주선에 몸을 실었다. 거대한 우주선 내부는 탑승객으로 북적였다. 은수는 아버지와 함께 지정된 좌석으로 향했다. 우주선에는 익숙한 얼굴이 많았다. 실험에 참가했던 아이들과 연구소에 약품을 조달하던 심부름꾼들이었다. 그들은 은수를 보자 반갑게 인사를 건넸지만, 은수는 어색한 미소로 답할 뿐이었다. 은수는 혹시나 하는 마음에 복도를 돌아다니며 승객의 얼굴을 확인했다. 사실 우주선은 같은 구역 사람들끼리 탑승하는 것이 원칙이었다. 이미 한참 전에 구역을 떠난 강이 이 우주선에 타고 있을 리가 없었다. 은수는 그 사실을 잘 알면서도 강을 찾게 되는 마음은 어쩔 수 없었다. 은수는 실망감을 감추지 못하고 자신의 좌석으로 돌아왔다.

성현은 은수의 표정을 살피며 조심스럽게 물었다.

"몸이 안 좋니?"

"괜찮아요."

은수는 애써 웃어 보였다. 은수는 창밖으로 점점 작아지는 지구를 바라보며 강을 생각했다.

'강, 우리가 다시 만날 수 있을까?'

"모든 승객은 자리에 착석해 안전벨트를 착용해 주십시오. 웜홀 진입을 오 분 앞두고 있습니다."

안내 방송이 울려 퍼지자 은수는 손에 땀이 차는 것을 느꼈다. 창밖으로 광활한 우주의 풍경이 펼쳐졌다. 은수는 옆자리에 앉은 푸른 얼굴의 소녀를 바라보았다. 소녀는 긴장감이 감도는 기내에서 유일하게 호기심과 기대로 반짝이는 얼굴을 하고 있었다.

"저길 봐요."

소녀가 조심스럽게 손가락으로 창밖을 가리켰다. 아무것도 없던 텅 빈 공간에 희미한 푸른빛이 스며들고 있었다. 빛은 크기를 점점 빠르게 키워 갔다. 푸른빛은 이내 거대한 원형 터널을 이루었다.

"웜홀이야."

은수는 빠르게 회전하는 푸른빛 소용돌이에서 눈을 뗄 수 없었다. 웜홀은 아름답지만 위압감을 주었다.

순간 우주선 전체가 웜홀 속으로 빨려 들어갔다. 눈앞이 번쩍이며 시야가 온통 하얗게 물들었다. 은수는 몸이 사방으로 쏠리는 것을 느꼈다. 엄청난 속도와 압력에 정신을 잃을 것만 같았다. 귀를 찢는 마찰음이 선체를 휘감았다. 얼마나 시간이 흘렀을까. 격렬했던 흔들림이 잦아들고 주변이 차츰 고요해졌다. 눈앞을 가득 채웠던 빛이 사라지자 은수는 천천히 눈을 떴다.

창밖에는 여전히 익숙한 우주의 풍경이 펼쳐져 있었다. 자세히 보니 멀지 않은 곳에 행성이 하나 보였다. 책에서 본 과거의 지구처럼 푸르고 맑은 행성이었다.

"저게 뉴얼인가요?"

소녀가 은수의 손을 잡고 속삭였다.

"응. 조금만 더 가면 도착할 거야."

은수는 소녀의 머리를 쓰다듬었다.

얼마 지나지 않아 우주선은 뉴얼 대기권에 진입했다. 엄청난 마찰열에 창밖으로 불꽃이 튀는 게 보였다. 은수는 긴장한 나머지 소녀의 손을 꽉 잡았다. 쿵. 우주선이 마침내 지면에 닿았다. 숨죽이고 있던 사람들 사이에서 환호성과 박수 소리가 터져 나왔다. 은수는 안도의 한숨을 쉬었다.

뉴얼에 도착했음을 알리는 조종사의 차분한 목소리가 우주선 내부에 울려 퍼졌다. 잠시 후, 은수는 얼굴에 시원한 공기가 닿는 것을 느꼈다.

"승객 여러분, 뉴얼에 오신 것을 환영합니다! 곧 하선이 시작될 예정이니, 개인 소지품을 챙겨 자리에서 일어나 주시기 바랍니다. 하선 후에는 안내에 따라 지정된 정착 캠프로 이동하게 됩니다."

사람들이 부산스레 움직이기 시작했다. 은수도 자리에서 일어났지만 다리에 힘이 풀려 풀썩 주저앉고 말았다. 성현이 은수의 팔을 잡았다. 은수는 말없이 아버지의 손길에 의지한 채 천천히 일어섰다. 긴 터널을 지나 우주선 출입구에 도착하자 눈부시게 빛나는 푸른 하늘과 낯선 풍경이 눈앞에 펼쳐졌다. 은수는 저도 모르게 숨을 크게 들이켰다.

"이쪽으로 오세요!"

멀리서 밝은 미소를 띤 안내원이 손짓하며 승객들을 반겼다. 안내원 뒤로 여러 대의 이동 차량이 대기하고 있었다. 은수와 성현은 안내에 따라 차량에 탑승했다.

이동 차량이 숲길을 따라 한참을 달리자 눈앞이 환하게 트였다. 푸른 초원 한가운데 나무와 덩굴식물로 만들어진 조형물이 모여 있었다. 차량이 멈춰서자 은수는 사람들을 따라 차에서 내렸다. 땅을 밟는 순간 발밑에 낯선 감촉이 느껴졌다. 부드럽고 포근한 흙의 감촉이었다.

캠프는 뉴얼의 삶을 만끽하는 사람들로 활기가 넘쳤다. 연구원들은 지구에서 볼 수 없던 새로운 식물 종을 신기한 듯 관찰했고, 아이들은 맨발로 잔디밭을 뛰어다니며 즐거운 웃음을 터뜨렸다. 성현은 캠프에서 익숙한 얼굴을 하나 발견했다. 그의 전 비서였다. 그는 허리를 굽혀 텃밭에 물을 주고 있었다.

"박사님! 드디어 오셨네요."

비서가 환하게 웃으며 두 사람에게 다가왔다.

"오시는 동안 많이 힘드셨죠? 이쪽으로 오세요. 두 분을 위한 숙소를 마련해 두었습니다."

은수와 성현은 비서의 안내에 따라 숲길을 걸었다.

"여기는 숙소동이고, 저쪽에 보이는 건물은 연구동입니다. 그리고 저 건너편 돔은 환경 적응 훈련장이에요. 기본

적인 신체 훈련부터 시작해서 뉴얼의 동식물에 대한 교육 그리고 응급 상황 대처법까지 배우게 될 거예요. 하루하루 정신 없으시겠지만 박사님께서는 대부분 알고 계신 내용일 테니 금방 적응하실 수 있을 겁니다."

캠프에서의 삶은 숨 가쁘게 흘러갔다. 빽빽한 교육 프로그램만으로도 하루가 눈 깜짝할 사이에 지나갔다. 성현은 지치지도 않는지, 교육 프로그램이 끝나기 무섭게 바로 연구동으로 향했다. 조사하 박사가 남기고 간 고대 문헌들을 해석하기 위해서였다. 성현은 매 순간 새롭고 경이로운 발견으로 가득한 뉴얼에서의 삶에 만족했다. 그리고 곧 새로운 연구 팀을 꾸렸다.

은수는 달랐다. 더 이상 연구에 흥미를 느끼지 못했다. 레나투스 프로젝트를 연상시키는 모든 일에 염증이 났다. 은수는 일상을 회복하는 데에 집중하며 틈틈이 강에 대한 정보를 수집하러 다녔다. 하지만 어디에서도 강에 대한 단서를 찾을 수 없었다.

정착 프로그램이 끝나자 은수는 과감한 결정을 내렸다. 다른 정착 캠프를 찾아 떠나기로 한 것이다. 엄격한 규율 속에 갇혀 지냈던 구역의 생활과 달리 뉴얼에서는 어디든 자유롭게 갈 수 있었다. 한 번도 딸과 떨어져 본 적 없는 성현은 은수를 걱정했지만, 은수는 개의치 않았다. 아버지의 그늘에 머무르는 삶은 더 이상 견딜 수 없었다.

'온전히 내 힘만으로 살아 내고 싶어.'

은수는 아버지에게 작별 인사도 하지 않고 무작정 떠났다. 그리고 닥치는 대로 일을 구했다. 사람들과 만나 강의 행방을 물을 수 있다면 매일 고된 노동으로 녹초가 되는 것쯤은 상관없었다. 밤이면 캠프 사람들을 만나러 나가 강의 행방을 수소문했지만 돌아오는 대답은 늘 같았다.

"글쎄, 그런 이름은 처음 듣는데……."

그래도 은수는 포기할 수 없었다. 한 번만이라도 강을 다시 보고 싶었다. 그것만이 은수가 이 낯선 행성에서 살아가는 이유였다.

하지만 강은 어디에도 없었다. 이제는 이주가 거의 마무리되어 지구에서 올 사람도 얼마 남지 않은 상황이었다. 마지막 이주 우주선이 도착한 날, 은수는 혹시나 하는 마음에 착륙장까지 나가 보았다.

은수의 눈에 키가 크고 깡마른 남자의 뒷모습이 들어왔다. 익숙한 뒷모습이었다.

"저기, 잠시만요! 강!"

은수는 다급하게 남자를 불렀다. 남자는 은수의 부름에 잠시 걸음을 멈추고 뒤를 돌아봤다.

"누구시죠?"

분명 강인 줄 알았는데 가까이서 보니 남자는 강보다 체격이 좋고 강 특유의 부드러운 분위기도 없었다. 은수는 어쩔 줄 몰라 고개를 숙였다.

"죄송합니다. 제가 다른 사람으로 착각했나 봐요."

"아닙니다. 제가 워낙 흔한 얼굴이라서요. 아까 뭐라고 말씀하셨죠? 강?"

이 남자도 푸른 얼굴이니 어쩌면 강을 알지도 모른다. 은수는 희망을 품었다.

"네, 맞아요! 강이라는 이름을 가진 푸른 얼굴을 찾고 있어요."

은수는 남자에게 강에 대한 정보를 털어놓았다. 남자는 은수의 이야기를 가만히 들으며 가끔씩 고개를 끄덕이거나 미간을 찌푸리는 것 외에는 별다른 반응을 보이지 않았다.

"혹시 그런 사람 본 적 있으신가요?"

"이렇게 오랫동안 강을 찾았다는 건, 꽤 가까운 사이였던 거겠죠? 정말 소중한 사람이었나 보네요. 연구원이었던 사람이 푸른 얼굴을 이렇게 가까이 하다니."

남자는 잠시 침묵하더니 말을 이었다.

"저는 그 아이에게 웜홀 에너지 실험에 대해 처음 알려 준 사람입니다. 연구소에서 어린 푸른 얼굴을 찾고 있으니, 다른 사람들을 살리고 싶다면 계약을 하는 게 최선의 방법일 거라 했죠. 잔인한 말이지만."

은수는 남자의 말에 소름이 돋았지만 애써 침착하게 행동했다.

"그게 무슨 말씀이시죠? 저는 이해가 안 되는데요."

"저는 푸른 얼굴들 사이에서 정보통으로 통합니다. 당시 만과 호수, 강은 체류 문제를 해결하기 위해 저를 찾아왔죠. 만약 그때로 다시 돌아간다고 해도 똑같이 말할 수밖에 없겠지만…… 항상 후회되더군요."

"그래서 강은 어떻게 된 거죠?"

정보통은 긴 한숨을 내쉬었다.

"연구소를 탈출하고 나서 다른 구역에 들어가는 데에 성공하긴 했지만, 강의 상태는 회복되지 않았다고 들었어요. 한 달 만이었다고 하더군요."

정보통은 완곡하게 표현했지만 은수는 그 말의 의미를 직감할 수 있었다.

"죽었군요."

정보통은 고개를 끄덕였다. 은수는 숨이 턱 막혔다. 강을 만나면 하고 싶었던 말, 묻고 싶었던 것들이 모두 무의미해져 버렸다. 애써 부정하려 했지만 남자의 표정은 너무나도 진지했다. 은수는 입술을 잘근잘근 깨물었다.

"강의 소식을 알려 주셔서 감사해요. 혹시 강이 남긴 것은 없나요?"

"글쎄요. 없을 겁니다. 지구에는 남아 있을지도 모르지만, 이제 돌아갈 수 없으니까요."

"그렇군요……. 감사합니다."

은수는 씁쓸한 미소를 지으며 고개를 끄덕였다. 은수는 남자에게 인사하고 캠프로 돌아왔다. 지금까지 뉴얼을 떠 돌아다니면서도 강을 만날 수 있다고 생각하면 언제라도 힘을 낼 수 있었다. 강은 은수의 목표이자 삶의 이유였다. 하지만 이제 그 목표는 완전히 사라졌다. 은수는 더 이상 무엇을 위해 살아야 할지 막막했다.

캠프로 돌아와 방에 들어선 은수는 침대에 털썩 주저앉 았다. 은수는 펜던트를 풀고 데이터 저장소를 열었다. 강과 함께 찍은 사진을 보기 위해서였다. 환한 빛이 방을 가득 메웠다. 사진 속 연구소의 풍경은 삭막했지만 두 사람은 행 복해 보였다. 사진을 하나하나 넘겨 보면서 잠시 위로받았 지만, 강이 세상에 존재하지 않는다고 생각하니 마음이 공 허했다.

펜던트를 탁자 위에 내려놓자 빛이 사라졌다. 방은 다시 어둠에 잠겼다. 은수는 이제 완전히 혼자였다. 그는 침대 에 누워 눈을 감았다.

'차라리 이곳을 떠나고 싶어.'

은수는 아침에 눈을 뜨자마자 짐을 챙겼다. 이곳에 온 것은 오직 강을 찾기 위해서였다. 강이 죽었다는 사실을 알게 된 이상 이곳에 남아 있을 이유가 없다. 갈 곳이 있는 것은 아니었지만, 은수는 맨 처음 정착 캠프를 떠났을 때 처럼 또 다시 이동해 보기로 했다.

밖으로 나오니 낯선 풍경이 은수를 맞이했다. 캠프 주변에 생기를 머금은 풀들이 무성하게 자라 있었다. 은수는 막막했다. 뉴얼에 정을 붙이고 살 수도, 지구로 돌아갈 수도 없었다. 그때 은수의 머릿속에 우주 정거장이 건설될 거라는 뉴스가 떠올랐다. 우주 정거장에 간다면 적어도 뉴얼을 떠날 수 있을 것이라는 생각이 들었다. 은수는 곧장 뉴얼 우주항공국으로 향했다.

사면이 유리로 둘러싸인 우주항공국 건물은 햇빛을 받아 눈부시게 빛났다. 우주항공국 내부는 활기가 넘쳤다. 은수는 안내 데스크로 가 우주 정거장 건설 사업에 참여하기 위해서는 어떻게 해야 하는지 물었다.

"우주 정거장 건설 사업에 참여하고 싶으시다고요?"

직원은 은수의 낡은 옷차림과 피곤한 기색을 살피며 말했다.

"현재 건설 인력 모집은 마감된 상태입니다만, 혹시 어떤 분야의 전문가이신가요? 관련 자격증이나 경력이 있으시면 추가 모집에 지원 가능할 수도 있습니다."

은수는 잠시 망설였다. 레나투스 프로젝트에 참가한 적이 있다고 말하면 어디든 들어갈 수 있을 것이다. 프로젝트를 떠올릴 때마다 고통스러웠지만, 지금 상황에서는 무슨 경력이든지 다 말하는 게 나았다.

"제 이름은 조은수, 레나투스 프로젝트에서 생체 데이

터 분석 및 의료 지원을 담당했습니다."

은수의 말에 직원은 눈빛을 반짝이며 키보드를 두드려 은수의 정보를 확인했다.

"레나투스 프로젝트라니 흥미롭네요. 마침 우주 정거장에서 근무할 의료 인력이 추가로 필요한 상황입니다. 일반적인 의료 지식 외에도 응급 처치 및 외상 치료 경험이 필요한데요."

은수는 연구소에서 겪은 일들을 떠올렸다. 웜홀 에너지 실험 부작용으로 고통받는 아이들을 치료하기 위해 밤낮없이 연구에 매달렸던 기억이 났다.

"네, 있습니다. 특히 저는 웜홀 에너지 노출로 인한 부상을 어떻게 다뤄야 하는지 알고 있어요."

"좋습니다. 그럼 일단 신체 검사와 적성 검사를 받아 보시겠어요? 검사는 우리 우주항공국 의료 시설에서 진행됩니다."

은수는 직원의 안내에 따라 검사실로 향했다. 은수는 우주 적응력을 확인하는 검사를 받았다. 그중에는 웜홀 에너지에 대한 민감성과 적응 수준을 확인하는 검사도 있었다. 은수는 모든 검사를 통과하여 우주 정거장 건설 현장에 투입될 자격을 얻었다.

은수는 숙소를 떠나기 전, 창가에 서서 뉴얼의 풍경을 바라보았다. 숲은 울창하고 하늘은 푸르렀다. 생소하지만 아름다운 풀과 꽃들이 길가를 장식하고 있었다. 하지만 은수의 눈에는 그 어떤 아름다움도 들어오지 않았다. 은수는 가벼운 짐 가방만 들고 홀연히 뉴얼을 떠났다.

은수가 우주 정거장에서 일한 지도 벌써 이십 년이 넘었다. 강과 뉴얼에 대한 기억에서 벗어나기 위해 도망치듯 온 곳이지만, 이제는 차가운 금속 벽과 둔탁한 기계음마저 정겹게 느껴졌다.

우주 정거장에서는 언제든지 푸른빛을 발하는 뉴얼을 볼 수 있다. 하지만 뉴얼은 손에 닿지 않는 머나먼 곳에 존재한다. 은수가 속한 팀에서는 향수를 달래기 위해 일 년에 한 번씩 장기 휴가를 제공했다. 하지만 은수는 한 번도 뉴얼에 가지 않았다. 뉴얼로 떠나는 동료들을 배웅하고, 긴 휴가에서 돌아온 동료들을 마중하는 것은 언제나 은수의 몫이었다. 다시 돌아온 동료들에게 은수는 그동안 일터에서 일어난 크고 작은 일들을 알려 주었다. 동료들은 은수의 노고에 고마워하며 휴가 기간 동안 겪었던 사건과 뉴얼의 최근 소식을 쏟아냈다. 하지만 은수에게는 그저 흘러가는 바람처럼 무상하게 느껴졌다. 이곳에서 은수의 개인사를 아는 사람은 극히 드물었다. 지구에 대한 이야기가 나왔다 하면 어김없이 입을 꾹 다무는 은수를 보며 동료들은 그에게 말 못 할 사정이 있을 거라 짐작할 뿐이었다.

동료들은 자신이 자리를 비운 동안 묵묵히 우주 정거장을 지키는 은수를 위해 가장 넓고 조용한 숙소를 양보했다. 그러나 은수는 동료들의 호의를 마다하고 엔진실 옆에 있는 작고 허름한 숙소를 고집했다. 쉴 새 없이 바닥을 타고 올라오는 진동과 귓전을 때리는 엔진 소리, 기름 냄새 때문에 모두가 기피하는 곳이었다. 하지만 은수는 규칙적인 진동과 소음 속에서 평온을 찾았다. 흔들의자에 몸을 맡긴 은수가 따뜻한 우유를 한 모금 마실 때마다 고소한 우유 향과 기름 냄새가 방을 가득 채웠다. 세 평 남짓한 비좁은 공간에서 은수는 온전한 고독을 만끽했다.

은수는 어느덧 중년에 접어들었다. 비슷한 연배의 동료들이 아직 젊음을 유지하는 것과 달리 은수는 눈에 띄게 쇠락한 모습이었다. 안개 낀 것처럼 탁한 눈동자와 푸석푸석한 피부, 깊은 주름 때문에 노인처럼 보였다. 다른 사람들보다 웜홀 에너지에 많이 노출된 까닭이었다. 웜홀 에너지는 은수의 몸에 영구적인 장애를 남겼을 뿐만 아니라 그의 몸을 지속적으로 파괴했다. 노화는 가장 흔한 부작용이었다. 어차피 내버린 몸이라 생각하며 망가져 가는 몸의 비명을 외면했지만, 결국 은수는 한계에 부딪히고 말았다.

"은수 씨, 오늘따라 안색이 안 좋아 보이네요. 괜찮으세요?"

은수의 동료가 걱정스러운 눈빛으로 은수를 바라보았다.

"괜찮아요. 조금 피곤해서 그래요."

은수는 옅은 미소를 지었다. 하지만 거울에 비친 자신의 모습은 초췌하기 짝이 없었다. 은수는 창밖으로 눈을 돌렸다. 멀리 보이는 뉴얼은 여전히 아름다웠다.

'이제 그만 돌아가야 할 때가 된 건가.'

은수는 은퇴를 고민했다. 우주 정거장에서 장기간 일하며 늘 극심한 피로감을 느꼈고, 원인 모를 통증에 시달리기도 했다. 무엇보다 점점 감퇴하는 기억력이 문제였다. 종종 환자 이름을 잊어버리거나, 약품 위치가 떠오르지 않아 당황하는 일이 잦아진 것이다. 처음에는 단순히 피로 때문이라고 생각했지만 시간이 지날수록 증상은 더욱 심해졌다. 이제는 자신을 돌봐야 할 때였다.

은수는 우주 정거장에서의 일을 모두 정리하고 뉴얼에 돌아왔다. 이십 년이 넘는 세월 동안 뉴얼은 몰라보게 변해 있었다. 은수는 처음 보는 풍경에 쭈뼛거리며 뉴얼에 발을 디뎠다. 화려한 도시 풍경이 낯설게 다가왔다. 은수는 마치 자신이 뉴얼이라는 행성에 불시착한 외계인 같았다.

사람들과의 관계도 어려웠다. 과거의 아픈 기억들이 은수를 끊임없이 괴롭혔기 때문이다. 사람들은 은수에게 호기심 어린 시선을 보냈지만, 은수는 그들의 친절한 태도에도 마음을 열지 못했다. 가끔 커뮤니티 센터에서 나온 직원들이 지역 주민과 교류할 수 있는 다양한 활동을 권유했지만 내키지 않았다.

은수가 유일하게 마음을 열 수 있는 대상은 아이들뿐이었다. 웜홀 에너지 실험에 참여한 푸른 얼굴 아이들과 교류했던 경험 덕분이었다. 그런 은수를 발견한 커뮤니티 센터 직원 미지가 은수에게 센터 보조 업무를 제안했다.

일을 시작한 후로 수많은 아이들이 은수를 거쳐 갔다. 그중 가장 큰 인상을 남긴 아이는 서진이라는 여자아이였다. 아이가 보육 센터에 들어오자마자 커뮤니티 센터 직원들은 은수에게 아이가 유명한 건축가 부부의 딸이라고 일러 주었다. 세상 일에 별로 관심이 없는 은수도 어디선가 들어 본 적 있는 건축가였다. 그들은 하루 종일 집을 비우는 일이 많아 서진은 보육 교실에 제일 먼저 들어와서 가장 늦은 시간에 나가곤 했다. 그나마 다행인 건 아이가 밝고 명랑하다는 점이었다. 서진은 새로 만나는 아이들과도 금방 친구가 되었다. 하지만 저녁이 되어 아이들이 하나둘 집으로 돌아가면 밝았던 표정이 금세 어두워졌다. 서진은 구석에 웅크리고 앉아 작은 목소리로 혼잣말을 중

얼거렸다. 그러다가도 센터 직원이 다가가면 언제 그랬냐
는 듯 활기찬 모습을 보였다. 사람들은 서진이 나이답지
않게 어른스럽다며 칭찬했지만, 은수는 그런 면이 자꾸
마음에 걸렸다.

은수는 서진이 집에 갈 때까지 센터에 남아 아이를 지
켜보았다. 함께 놀이를 하거나 대화를 나누는 경우는 별로
없었다. 그저 서진이 혼자가 아니라는 사실을 알려 주고
싶었을 뿐이다. 곁에 누군가 있다면 아이에게 조금이라도
위안이 되지 않을까 하는 마음에서였다.

어느 늦은 저녁, 칠흑 같은 어둠에 잠긴 바깥과 달리 센
터 안은 여전히 환한 빛으로 가득했다. 얇은 미색 블라인드
너머로 서진과 은수, 미지 세 사람의 그림자가 어른거렸다.
은수는 아이들이 어지르고 간 놀이 공간을 치우고 있었고,
미지는 다음 날 수업에 쓸 교재를 정리하고 있었다. 서진은
손에 든 그림책에서 눈을 떼고 자꾸 창가와 센터 입구를 번
갈아 힐끔거렸다. 서진은 은수와 눈이 마주칠 때마다 무언
가 감추려는 듯 어색하게 웃으며 딴청을 피웠다. 은수는 서
진의 옆으로 다가가 무릎을 굽혀 앉았다. 그러자 서진이 은
수의 허리에 몸을 기댔다.

"서진아, 왜 그러니?"

"오늘따라 엄마 아빠가 더 늦는 것 같아요."

"금방 오실 거야. 선생님이랑 같이 그림책 읽고 있을까?"

은수는 아이의 관심을 그림책으로 돌리려고 부드럽게 물었다. 서진은 은수에게 팔짱을 끼며 몸을 붙였다. 아이의 작고 따뜻한 몸이 닿자 은수의 얼굴에 살며시 미소가 지어졌다.

"좋아요."

서진이 작게 대답하며 은수의 품에 파고들었다. 은수는 그림책을 펼쳐 나지막한 목소리로 이야기를 읽기 시작했다.

"옛날 옛적 한 마을에 연노란색 털을 가진 토끼가 살고 있었답니다. 이 토끼의 이름은 수수였어요. 수수는 다른 토끼들과 조금 달랐어요."

그림에 집중하며 눈을 빛내던 서진은 졸음이 쏟아지는지 눈을 비볐다. 길게 하품하며 연신 눈을 끔뻑거리던 서진의 고개가 앞으로 꾸벅꾸벅 떨어졌다. 은수는 아이의 머리를 쓰다듬었다. 두 사람을 지켜보던 미지가 조용히 자리에서 일어나 서진의 부모에게 전화를 걸었다. 하지만 여러 차례 반복해도 신호음만 길게 이어질 뿐 전화는 연결되지 않았다. 미지는 전화 거는 것을 멈추고 두 사람을 곁눈질했다. 그사이 서진은 은수의 무릎을 베고 새근새근 잠이 들었다. 아이의 고른 숨소리가 센터의 정적을 메웠다. 미지는 작은 담요를 꺼낸 후 서진의 곁으로 다가갔다. 미지는 곤히 잠든 아이에게 담요를 덮어 주며 은수에게 낮고 조용한 목소리로 상황을 전했다.

"서진이네 부모님과 아직 연락이 안 돼요."

미지의 말에 은수는 시계를 확인했다. 서진의 부모가 아이를 데리러 오기로 한 시간보다 한 시간이나 지나 있었다.

"그래? 너도 곧 퇴근할 시간인데."

미지가 난감한 표정을 지었다. 그때였다. 미지의 팔을 감싼 통신 밴드가 진동하며 빨간빛을 깜빡였다. 미지는 황급히 손목을 들어 발신인을 확인했다.

서진의 어머니였다. 미지의 얼굴에 안도의 빛이 번졌다.

"여보세요?"

"선생님, 연락을 못 받아서 너무 죄송해요. 사실 저희가 아직 일정이 안 끝나서 오늘은 가기 힘들 것 같아요. 저희도 예상치 못한 일이라 미리 말씀드리지 못했네요. 정말 죄송하지만 혹시 센터에서 서진이를 더 맡아 주실 수 있을까요?"

"혹시 근처에 아이를 맡길 만한 곳은 없으신가요?"

"아는 사람이 많지 않아서……."

"센터에도 24시간 돌봄이 가능한 선생님은 안 계셔요. 일단 방법을 찾아보고 다시 연락 드릴게요."

미지는 전화를 끊고 은수에게 불만을 터뜨렸다.

"어떻게 이렇게 무책임할 수가 있죠? 피치 못할 사정이 생겼으면 바로 아이를 맡길 곳을 알아봤어야 하는 거 아닌가요?"

은수가 인상을 찌푸리며 동의하는 표정을 지었다. 미지는 은수를 바라보며 한참 머뭇거리다가 작은 목소리로 말했다.

"혹시 괜찮으시다면……."

미지는 차마 말을 잇지 못하고 입술만 달싹였다.

"서진이를 맡아 주실 수 있을까요? 내일 아침까지만요. 저희 집에 데려가는 게 제일 속 편하긴 하지만 집안 사정 때문에 그럴 수가 없네요."

미지는 손을 꼭 모으고 미안한 표정을 지었다. 은수는 흔쾌히 고개를 끄덕였다. 혼자 살고 있어 동거인의 허락을 구할 필요도 없고, 은수 혼자 지내기에는 넓은 집이기도 했다.

"정말 감사해요! 선생님 덕분에 한시름 놓았어요."

미지는 곧바로 서진의 부모에게 은수의 집 주소와 연락처를 메시지로 보냈다. 그리고 서랍장에서 서진의 여벌 옷 하나를 꺼내 아이의 가방에 넣었다.

"혹시 몰라서 여벌 옷도 챙겼어요. 내일 아침에 뵙겠습니다!"

미지는 은수가 앉은 자리 옆에 가방을 내려놓았다. 서진은 깊은 잠에 빠졌는지 미동도 않고 누워 있었다.

"이제 슬슬 가야 하는데……."

은수는 서진을 깨우기 위해 아이의 어깨를 부드럽게 흔

들었다. 아이가 잠결에 몸을 뒤척였지만 깨어날 기미는 보이지 않았다. 은수는 서진의 볼을 톡톡 건드렸다. 그래도 서진은 잠투정을 부리며 은수의 품에 파고들 뿐이었다.

"엄마……."

은수의 손이 멈칫했다. 은수는 서진을 깨우는 것을 포기하고 아이를 등에 업었다. 은수는 아이의 무게에 잠시 휘청였지만, 이내 균형을 잡고 센터를 나섰다. 아이의 곱슬거리는 머리카락이 은수의 뺨에 닿았다. 간지러운 감촉이었다. 은수는 엷은 미소를 머금었다.

"잘 자렴, 서진아."

은수의 집은 센터에서 걸어서 십 분 정도 거리에 있었다. 크고 작은 건물들이 즐비한 주택가에 자리 잡은 푸른 지붕 집이었다. 늦은 밤, 인적 드문 골목길에 늘어선 가로등 불빛이 은은하게 빛났다. 적막을 깨는 것은 덤불 속 작은 동물들이 부스럭대는 소리와 은수의 무거운 발걸음 소리뿐이었다. 낡은 현관문을 열고 집 안으로 들어가니 한기가 훅 끼쳤다.

"깜빡하고 창문을 열고 나왔네. 내 정신 좀 봐."

은수는 작은방 침대에 서진을 눕힌 후 우선 이불을 덮어 주었다. 그리고 안방, 서재, 베란다까지 돌아보며 열린 창문을 모두 닫았다. 은수는 서진의 외출복을 잠옷으로 갈아 입히기 위해 작은방으로 돌아갔다. 서진이 막 잠에서 깨어나 멍하니 눈을 깜박였다.

"은수 선생님? 여기는 어디예요?"

"일어났니? 여기는 선생님 집이야. 아까 쿨쿨 자고 있어서 깨우지 못했단다. 오늘 부모님께서 일 때문에 많이 바쁘시대. 그래서 선생님이 서진이를 데리고 온 거야. 오늘은 여기서 자고 가면 돼."

은수가 서진의 곁에 걸터앉자 서진이 은수를 올려다보았다.

"엄마 아빠는 언제 오신대요?"

"내일 저녁에는 엄마 아빠가 꼭 데리러 오실 거야."

서진은 말없이 입술을 꾹 깨물었다. 은수는 서진의 가방에서 잠옷을 꺼내 아이에게 건네주었다.

"옷 갈아입고 싶으면 갈아입으렴. 욕실은 저기에 있단다."

"네에."

서진은 옷을 꼭 쥔 채 욕실로 들어갔다. 아이의 뒷모습이 힘없어 보였다. 욕실 문이 철컥 소리와 함께 닫히자 은수는 방을 나와 부엌으로 향했다. 냉장고에서 우유병을 꺼내 포트에 천천히 따랐다. 우유가 데워지면서 집 안 전체에 고소한 향기가 퍼졌다. 은수는 따뜻한 우유를 컵 두 개에 나누어 담았다. 그리고 하나에는 우유를 잘 마시지 못하는 서진을 위해 잼을 조금 섞었다. 달콤한 향이 감돌았다. 은수는 쟁반에 컵을 올리고 서진의 방으로 갔다.

은수는 협탁 위에 쟁반을 올려 둔 뒤 간이 의자를 끌어와 침대 옆에 앉았다. 은수는 김이 모락모락 피어오르는 우유를 홀짝이며 서진이 욕실에서 나오기를 기다렸다. 잠시 후 욕실 문을 열고 나온 서진의 앞머리는 축축하게 젖어 있었다. 머리카락에서 떨어진 물방울이 카펫에 자국을 남겼다.

"머리카락이 다 젖었네."

은수가 웃으며 말하자 서진이 부끄러워하며 고개를 숙였다. 은수는 협탁에서 작은 수건을 꺼내 서진의 젖은 머리카락을 닦아 주었다.

"아까 보니 창문이 열려 있더라. 좀 추웠지? 따뜻한 우유 마시고 몸 좀 녹이렴."

은수가 협탁 위에 놓인 컵을 서진에게 건넸다. 서진은 쭈뼛거리며 컵을 받아 들었다. 따뜻한 김이 서진의 얼굴을 감쌌다. 서진은 침대 끝에 걸터앉아 우유를 한 모금 마셨다.

"맛있어요. 제가 마셔 본 우유 중에서 가장 달아요."

"정말? 입에 맞아서 다행이네."

서진은 달콤한 우유를 마시며 조금씩 긴장이 풀리는 것을 느꼈다. 하지만 엄마 아빠를 떠올리자 눈물이 핑 돌아 괜히 우유를 벌컥벌컥 들이켰다. 곧 컵 바닥이 드러났다. 달콤한 우유는 잠시 위로가 되었지만, 속상한 마음을 완전히 달래 주지는 못했다.

은수는 서진의 입가에 묻은 우유 자국을 손으로 닦아 주었다. 서진은 참았던 눈물을 터뜨렸다.

"선생님……, 엄마 아빠는 저한테 관심이 없는 것 같아요."

"왜 그렇게 생각하니?"

은수가 서진의 등을 토닥이며 진정시키려 애썼지만, 아이는 흐느끼는 울음을 그치지 못했다.

"엄마 아빠는 항상 바빠요. 집에 들어와서도 금방 나가시는 걸요. 친구들은 이른 저녁부터 집에 가기 시작하고……. 전 언제나 혼자예요."

은수는 아이를 꼭 안고 울음을 그칠 때까지 아무 말도 하지 않았다. 울음소리가 점점 잦아들자, 은수는 다정한 손길로 서진의 머리를 쓰다듬었다.

"언젠가는 이 외로움을 덜어 줄 사람을 만나게 될 거야."

"정말요?"

은수는 낮고 조용한 웃음소리를 내며 대답했다.

"그럼."

은수는 서진이 잠들 때까지 곁을 지켰다. 잠든 아이의 얼굴은 평온해 보였다. 은수도 오랜 시간 연구소에서 외로운 삶을 살았지만, 강을 만난 덕분에 짧은 시간이나마 즐거운 나날을 보냈다. 비록 얼마 안 가 그 소중한 존재를 잃어버리고 말았지만. 은수는 탁상 위에서 희미한 빛을 내는 조명을 끄고 거실로 나왔다.

은수는 좀처럼 잠이 오지 않았다.

'서진이가 혼자서도 외로움을 잘 견딜 수 있을 만큼 성장할 때까지 내가 곁에서 든든한 어른이 되어 줘야겠어.'

그렇게 다짐한 은수는 소파에 기대어 스르르 잠들었다.

"선생님! 왜 방에 안 들어가고 여기서 주무셨어요?"

따스한 아침 햇살이 거실을 가득 채우고 있었다. 잠에서 깬 서진의 맑은 목소리가 은수의 귓가를 간지럽혔다. 은수는 졸린 눈을 비비며 서진을 바라보았다.

"벌써 일어났니?"

"저는 항상 이 시간에 일어나는 걸요. 밖에 해가 떴어요!"

"정말이네."

은수는 밤새 뻣뻣하게 굳은 몸을 간신히 일으켰다. 조금만 움직여도 온몸이 쑤시고 결려 앓는 소리가 터져 나왔다.

"아이고."

서진이 걱정스러운 표정으로 은수에게 다가왔다. 부축이라도 해야겠다는 생각인지 안절부절못하는 모습이었다. 은수는 별일 아니라는 표정을 지었다.

"나이가 들면 원래 그렇단다. 참, 서진이 배가 많이 고프겠구나. 선생님이랑 아침 먹을까?"

"정말 괜찮으신 거죠? 그럼 같이 먹어요."

은수는 부엌 찬장에서 낡은 은색 토스터와 꽃무늬가 그려진 하얀색 접시 두 개를 꺼냈다. 냉장고에서는 빵봉지와 잼을 꺼내 식탁에 가지런히 올려 두었다. 서진은 호기심 가득한 눈으로 봉지를 열었다. 봉지 안에는 먹음직스러운 흰 빵 한 덩이가 들어 있었다. 서진은 봉지를 벗긴 후 은수에게 빵을 건넸다.

"내가 구워 줄게."

은수는 먹기 좋은 크기로 자른 빵에 버터를 바른 후 토스터에 넣었다. 곧 따끈한 열기와 함께 고소한 빵 냄새가 솔솔 피어올랐다. 은수는 노릇하게 익은 빵을 토스터에서 꺼내 잼을 듬뿍 발라 접시에 담았다.

"우와! 이 잼은 선생님께서 만드신 거예요?"

"그래. 선생님이 만들었어. 어제 네가 마신 우유에도 잼이 들어갔단다. 빵에 발라 먹어도 맛있지만, 따뜻한 우유에 넣어 먹으면 더 맛있지. 한잔 마실래?"

서진이 고개를 크게 끄덕이자, 은수는 자리에서 일어나 포트에 우유를 끓였다. 따끈한 우유에 잼을 넣고 휘휘 저으니 달콤한 향이 올라왔다. 은수는 우유가 담긴 컵을 서진 앞에 놓아 주고 의자에 앉았다. 그리고 접시에서 빵 한 조각을 집어 아이에게 내밀었다. 서진이 두 손으로 빵을 받아 들었다. 군침이 돌 만큼 맛있게 구워진 황금빛 빵이었다. 서진이 빵을 한 입 베어 물자, 바삭 소리와 함께 입안 가득 고소한 버터 향과 잼의 달콤함이 느껴졌다.

"너무 맛있어요! 이 잼은 어떻게 만드신 거예요?"

"입맛에 맞다니 다행이구나. 잼 만드는 방법은 생각보다 간단하단다. 시간이 오래 걸려서 그렇지. 먼저 깨끗하게 씻은 베리를 설탕에 재워서……."

은수는 서진에게 잼 만드는 방법을 차근차근 설명해 주었다. 서진은 은수의 이야기에 귀를 기울였다.

"베리를 재운다고요? 베리가 잠을 자요?"

서진은 눈을 감고 잠자는 흉내를 내며 장난스럽게 물었다. 은수는 서진의 귀여운 질문에 웃음을 터뜨렸다.

"하하, 비슷할지도 몰라. 베리를 설탕 속에 푹 파묻어 재우면, 서진이 네가 잠자는 동안 땀을 흘리듯 베리에서도 물기가 쏙 빠져나온단다. 그러면 잼이 더 달콤하고 맛있어져."

"그러면 설탕에 재운 베리는 어떻게 해요?"

"냄비에 넣고 약한 불로 천천히 끓여야 해. 계속 저으면서 졸아들 때까지 기다리는 거야."

"신기하다……. 다음에 잼 만들 때 저도 초대해 주세요. 꼭이요!"

"그러마."

서진은 신이 나서 빵을 크게 베어 물었다. 입가에 잼이 묻자 은수는 손수건으로 서진의 입가를 조심스럽게 닦아 주었다. 서진은 멋쩍은 듯 웃으며 볼을 붉혔다.

두 사람의 아침 식사는 훈훈한 분위기 속에서 마무리되었다. 은수는 설거지를 하기 위해 자리에서 일어났다.

"제가 도와드릴게요!"

서진은 의자에서 내려와 은수에게 달려갔다.

"고마워. 그럼 접시 옮기는 것만 도와줄래?"

서진은 식탁 위에 놓인 접시를 하나씩 들고 와 싱크대에 차곡차곡 쌓았다. 아이가 작고 야무진 손으로 접시를 옮기는 모습, 빨빨거리며 부엌을 돌아다니는 모습이 기특하고 사랑스러웠다. 마치 작은 요정이 집안일을 도와주는 것 같았다.

"이제 나머지는 선생님이 정리할 테니 서진이는 얼른 옷 갈아입고 센터 갈 준비 하렴."

"네!"

서진은 힘차게 대답하고 방으로 달려갔다. 은수는 설거지를 하며 콧노래를 흥얼댔다. 음정과 박자 모두 제멋대로였지만 콧노래에는 왠지 모를 즐거움이 가득했다. 따뜻한 물줄기와 부드러운 거품이 그릇에 묻은 빵가루와 잼을 씻어냈다. 서진의 해맑은 웃음소리와 재잘대는 목소리가 아직도 귓가에 생생했다. 아이의 엉뚱한 질문에 웃음을 터뜨렸던 순간도 떠올랐다.

은수가 설거지를 마치고 거실로 돌아오니 어제와 같은 옷을 입은 서진이 소파에 앉아 손가락을 꼼지락거리고 있었다. 혼자 급하게 갈아입느라 단추 하나가 잘못 끼워져 있었고, 옷깃도 살짝 삐뚤어져 있었다. 은수는 그 모습마

저도 귀엽게 느껴졌다.

"이리 오렴."

은수는 서진의 옷매무새를 바로잡아 주었다.

"이제 나가자꾸나."

은수는 서진의 손을 잡았다.

그날 이후로 서진은 은수에게 더 살갑게 다가왔다. 은수에게 블록을 가져와 함께 놀자고 조르기도 하고, 자신과 은수가 손을 잡고 있는 모습을 그려서 보여 주기도 했다. 친구들과는 잘 어울려도 선생님들과 묘한 거리감이 있었는데, 은수의 집에서 하루를 보낸 후부터 태도가 완전히 달라진 것이다. 은수도 종종 서진이 들려준 이야기를 떠올리며 혼자 웃음을 터뜨리곤 했다.

"은수 선생님, 요즘 기분 좋아 보이시네요?"

"그런가? 별일은 없는데."

은수는 괜히 딴청을 피웠지만, 얼굴 가득 번지는 웃음을 감출 수 없었다.

어느덧 시간이 흘러 학교에 입학할 나이가 된 서진은 보육 교실을 떠나야 했다. 서진은 앞으로 은수를 자주 볼수 없을 거라는 생각에 코끝이 찡해졌다.

"선생님, 우리 앞으로도 계속 볼 수 있는 거죠?"

서진은 은수의 손을 꼭 잡고 물었다.

"물론이지. 선생님이 생각나면 언제든지 찾아오렴."

"정말요? 약속했어요!"

서진은 은수와 새끼손가락을 걸었다.

학교에 들어간 서진은 낯선 공간과 새로운 사람들 속에서 정신없이 바쁜 나날을 보냈다. 은수는 학교 생활에 지친 서진을 자신의 집으로 초대해 편히 쉴 수 있게 배려했다. 서진에게 은수의 집은 안식처나 다름없었다. 서진과 함께하는 동안 은수도 평온함을 느꼈다. 서로에 대한 두 사람의 애정은 서진이 학교를 졸업할 때까지 이어졌다.

은수는 변함없이 보육 교실에서 아이들을 돌보고 가르쳤다. 하루 종일 아이들과 함께한다는 건 제법 고된 일이었지만, 아이들이 쑥쑥 자라 의젓한 학생 티를 내며 졸업하는 걸 보면 더할 나위 없이 기쁘고 보람찼다. 고요한 우주 정거장에서 일하며 고독을 만끽하던 때와는 또 다른 만족감이었다.

하지만 요즘 들어 부쩍 무겁게 느껴지는 몸은 어쩔 수 없었다. 우주 정거장에서 은퇴를 결심했을 때가 떠올랐다. 지난 오 년간 커뮤니티 센터 규모가 커지면서 보육 교실 학생 수도 늘었다. 하지만 교실에서 일하는 선생님 수는 동일했다. 비록 뉴얼에서 생활하며 건강을 어느 정도 회복했지만 노쇠한 몸으로 늘어난 학생을 모두 감당하는 건 쉽지 않았다. 결국 은수는 보육 교실에서 은퇴하기로 했다.

마지막 근무 날, 은수는 퇴근 준비를 마치고 서서 모든 아이들을 눈에 담았다. 소중하지 않은 아이가 단 한 명도 없었다. 여기서 보낸 시간은 각자 다르지만, 모두 자신과의 추억이 한 조각씩 있는 아이들이었다.

미지가 은수에게 다가왔다.

"은수 선생님! 은퇴하시면 어떻게 지내실 거예요?"

"앞으로 몸 쓰는 일은 최대한 줄일 생각이야. 기회가 된다면 수술도 받아야 할 것 같고……. 그것 말고는 아직 계획이 없어. 그냥 집에서 소일이나 하면서 보내겠지."

미지와 대화를 마무리하고 나설 채비를 하는 은수에게 아이들이 달려와 자신이 준비한 선물을 건넸다. 삐뚤빼뚤한 글씨로 '선생님 사랑해요!'라고 적은 손 편지, 색종이로 접은 꽃, 엉성하게 묶은 실 팔찌는 소박했지만 그 안에 담긴 아이들의 순수한 마음은 그 어떤 값비싼 선물보다 빛났다. 은수는 아이들의 작은 손에 들린 선물을 하나하나 소중하게 받아 들었다. 이렇게 사랑스러운 아이들을 두고 떠난다고 생각하니 마음 한구석이 저릿했다. 웃으며 달려온 아이들이 은수의 아쉬움 가득한 얼굴을 보고 눈물을 글썽였다. 그때 미지가 싱긋 웃으며 말했다.

"얘들아, 은수 선생님은 졸업식 날에 너희를 보러 오실 거란다. 그날 멋진 모습으로 만날 수 있게 새로 오시는 선생님 말씀도 잘 듣고 씩씩하게 지내야겠지?"

"네!"

몇몇 아이들은 여전히 훌쩍거렸지만, 또 몇몇 아이들은 울음을 꾹 참으며 밝은 표정으로 손을 흔들었다.

센터 정문을 나서며 은수는 잠시 걸음을 멈추고 뒤를 돌아보았다. 시원섭섭한 기분에 발걸음이 떨어지지 않았다. 오랜 시간 몸담은 보육 교실을 떠나자니 만감이 교차했다.

'이제 정말 끝이구나.'

그때 은수의 눈에 익숙한 모습이 들어왔다. 은수는 반가운 마음에 손을 높이 흔들었다.

"할머니!"

저 멀리서 달려온 서진이 은수에게 폭 안겼다. 그리고 등 뒤에 숨긴 꽃다발을 꺼내 은수에게 내밀었다.

"은퇴 축하드려요!"

꽃다발은 싱그러운 초록 잎사귀와 하얀 꽃들이 조화롭게 어우러져 있었다. 은수는 은은하게 풍기는 꽃향기에 미소를 지었다.

"고마워."

은수는 서진과 나란히 걸었다.

"할머니, 오늘은 저희 집으로 가요! 부모님도 허락해 주셨어요."

도란도란 대화를 나누며 걷다 보니 어느새 골목길 어귀

에 다다랐다.

"거의 다 왔어요!"

서진은 앞서 달려갔다. 그 뒷모습을 물끄러미 바라보고 있자니 뭉클한 감정이 피어올랐다.

'서진이도 참 많이 컸어.'

은수가 집 앞에 도착하자 먼저 현관문을 열고 들어간 서진이 외쳤다.

"잠깐만 기다려 주세요!"

잠시 후, 서진은 문밖으로 나와 은수를 집 안으로 이끌었다. 하얀 천이 깔린 식탁 위에 초가 꽂힌 예쁜 케이크와 편지가 놓여 있었다.

"다 됐어요. 이제 들어오셔도 돼요!"

서진은 의자를 끌어당겨 은수를 앉혔다. 은수는 케이크와 편지를 번갈아 보고는 감동 어린 눈빛으로 서진을 바라보았다.

"이게 다 뭐야?"

"뭐긴 뭐예요. 은퇴 축하 파티죠. 제가 직접 준비했어요."

서진은 집 안의 모든 불을 끄고 성냥을 꺼내 초에 불을 붙였다. 촛불이 하나둘씩 켜지자 은은한 불빛이 은수의 얼굴을 따스하게 비추었다. 은수는 촛불을 바라보며 지난 날을 회상했다. 연구소에서 외롭게 보낸 시간, 강과 푸른 얼굴 아이들을 만나 행복했던 시간, 우주 정거장에서 홀로 평화롭게 지낸 시간, 보육 교실에서 아이들과 함께하며 보낸 소중한 시간들까지……. 모든 추억이 은수의 마음속에서 잔잔하게 흘러갔다.

"할머니, 소원도 빌어야 해요."

서진이 속삭이자 은수는 눈을 감았다.

'앞으로 서진이와 함께 오래 행복하게 지낼 수 있게 해 주세요.'

은수는 간절한 마음을 담아 바람을 후 불었다.

"정말 고마워, 서진아."

서진이 준비한 케이크는 입에서 살살 녹았다.

"편지도 읽어 보세요."

은수는 서진의 재촉에 편지 봉투를 뜯어 한 줄 한 줄 읽어 내려갔다. 은수를 만나 정말 행복한 시간을 보냈고, 앞으로도 함께 잘 지낼 수 있길 바란다는 내용이었다. 특히 서진은 은수의 집에 처음 갔던 날, 부모님이 오지 않아 속상해하는 자신에게 은수가 따뜻한 우유를 주며 다독여 주었던 것을 앞으로도 절대 잊지 못할 거라고 했다. "할머니는 세상에서 가장 따뜻한 사람이에요."라고 적힌 부분에서는 은수의 눈시울이 붉어졌다.

편지 뒷장에는 반듯하게 접힌 종이 한 장이 붙어 있었다.

"이건 뭐니?"

"한번 읽어 보세요."

종이를 펼쳐 보니 '시니어 뉴 테크 캠프 참가 신청서'라는 글자가 눈에 들어왔다. 은수는 신청서를 읽으며 고개를 갸웃했다. 서진은 은수의 표정을 살피더니 시니어 뉴 테크 캠프가 무엇인지 자세히 알려 주었다.

"할머니가 혼자서도 잘 지낼 수 있게 돕고 싶어요."

서진은 은수의 손을 잡고 걱정스럽게 말했다.

"할머니는 이곳 생활에 익숙하지 않으시잖아요. 제가 없을 때 할머니 혼자서 어려움을 겪으실까 봐 걱정됐어요. 제가 더 크면 지금처럼 자주 보기 어려워질지도 몰라요. 이 캠프에 참가하면 할머니에게 도움이 될 만한 것들을 많이 배우실 수 있을 거예요. 물론 할머니 혼자 가시는 건 아니고요. 저도 같이 갈게요. 어때요?"

은수는 서진의 말을 듣고 깊은 고민에 빠졌다. 우주에서 일하던 시절, 은수는 다른 동료들과 달리 뉴얼에 가는 대신 우주 정거장에 남아 홀로 시간을 보냈다. 다행히 보육 교실에서 일할 때는 불편함을 별로 느끼지 못했다. 은수는 보육 교실에서 일하는 시간 외에는 바깥세상과 거의 단절된 채 지냈기 때문이다. 서진이 자라면서부터는 서진에게 여러 가지를 물어보며 도움을 받을 수 있었다. 하지만 언제까지고 서진에게 기댈 수는 없다는 것을 은수도 잘 알고 있었다. 서진과 더 오래 잘 지내기 위해서는 자신도 새로운 세상에 적응할 필요가 있었다.

은수는 고개를 끄덕였다.

"그래, 서진아. 같이 가 보자꾸나."

"정말 잘 생각하셨어요!"

서진은 은수를 꼭 껴안았다. 은수는 더 이상 외롭지 않았다. 이 아이와 함께라면 무엇이든 할 수 있을 것 같다는 생각이 들었다.

은수는 서진이 내민 펜으로 신청서에 자신의 이름을 적으며 조용히 미소지었다. 앞으로 이 아이의 곁을 오래 지켜 주고 싶다는 생각을 하면서.

● 에필로그

요즘 나는 아침에 일어나면 협탁 위에 올려 둔 단어장을 펼쳐 낯선 단어들을 또박또박 소리내어 읽는 것으로 하루를 시작한다. 단어장에는 캠프 수업에서 배운 내용과 앞으로 배워야 할 내용들이 적혀 있다. 바깥세상과 척지고 살아왔던 나에게는 모든 내용이 생소하고 어렵게 느껴진다. 하지만 내 곁에는 항상 서진이가 있으니 두려울 게 없다.

"할머니! 오늘 수업은 어려울 수 있으니까 제가 도와드릴게요."

서진은 학교를 다니느라 바쁠 텐데도 틈틈이 시간을 내어 내 과제를 도와준다. 나는 그런 서진이가 기특하고 고마워서 맛있는 간식을 내어 준다.

캠프 수업이 없는 날, 나는 수업 시간에 배운 대로 옆 지역으로 가는 기차표를 예매해 보았다. 서진은 내가 스스로 기차표를 예매하는 데에 성공했다는 이야기를 듣고 기뻐했지만, 내 건강을 걱정하며 같이 안 가도 되겠냐고 물었다. 평소 같았다면 서진의 말을 따랐을 것이다. 하지만 그날따라 나는 혼자 여행을 떠나 보고 싶었다. 새로 배운 걸하나씩 실천해 볼 때마다 기운이 돌았으니, 이번에도 괜찮을 거라는 확신이 들었기 때문이다.

나는 기차에서 내리자마자 무작정 거리를 돌아다녔다. 예전에 강을 찾아 떠돌 때 방문했던 지역이다. 풍경은 예전과 많이 달라져 있었지만, 드물게 보이는 푸른 얼굴들이 그때의 기억을 불러일으켰다. 걷다 보니 웃는 얼굴로 뛰어다니는 푸른 얼굴의 소년이 내 눈에 담겼다. 꼭 강처럼 깊고 푸른 눈을 가진 아이였다. 그리움에 사로잡혀 나도 모르게 아이에게 다가갈 뻔했다. 나는 충동을 꾹 참고 소년이 떠나는 뒷모습을 잠자코 지켜보았다. 강을 다시 만날 수는 없지만 다행히 푸른 얼굴 아이들은 이곳에서 잘 자라고 있는 모양이었다. 그게 나에게 알 수 없는 위안을 주었다.

캠프에 가지 않았더라면 이렇게 다른 지역으로 나와 볼 생각은 하지 않았을 것이다. 앞으로 캠프에서 어떤 것을 배우게 될지 기대된다. 서진과 함께 만들어 갈 추억과 미래도 더없이 궁금하다.

문득 이런 생각이 든다.

"살아 있길 잘했어."

● 작가의 말

● 작가 인터뷰

여류(餘流)를 조명하는 다정한 시선

● 작가의 말

언제부터인지 기억도 나지 않을 만큼 오래 전부터 글을 써 왔다. 아주 어렸을 때는 시나 소설을 즐겨 썼고, 좀 더 자란 후에는 일기와 에세이를 쓰며 내면의 목소리를 찾는 데에 집중했다. 대학생 시절, 여러 단체에서 활동하며 써 내려간 성명문과 교육 자료들은 글쓰기에 큰 영향을 주었다. 소외된 사람들의 목소리를 대변하고 그들(혹은 나 자신)과 연대하는 것, 그것이 바로 내 글쓰기의 주된 목적이었다.

다양한 형식의 글쓰기를 경험하며 깨달은 것은 장르마다 고유한 울림을 가지고 있다는 사실이다. 나는 '나'라는 좁은 세계를 넘어 타인의 이야기까지 담아낼 수 있는 문학의 폭넓은 유연성에 매료되었다. 2023년, '풍경놀이터'에서 주최한 농인 작가 양성 프로그램에 참여하게 되었다. 다양한 문학 형식을 배우고 실험하는 과정에서 나는 소설이 가진 매력에 깊이 빠져들었다. 소설은 추상적인 집단에 불과한 타인을 구체적인 역사와 감정을 가진 한 개인으로 묘사하면서 그들을 나와 연결된 존재로 바라보게 만든다. 인물의 삶을 들여다보고 그들의 감정에 공명하는 순간, 우리는 더 이상 그들을 외면하기 어려워진다. '그들'과 '나' 사이의 경계는 곧바로 허물어지고 만다. 마치 만과 은수, 그리고 강처럼.

『경계의 푸른 얼굴들』은 바로 이러한 소설의 힘을 빌려 내가 늘 마음속에 품고 있었던 사람들에 대한 이야기를 드러내고자 시작한 작품이다. 항상 보고 싶었지만 좀처럼 보기 어려웠던 사람들에 대한 이야기를 솔직하게 담아내고 싶었다. 오랫동안 고민해 온 사회 문제들을 녹여내는 것도 잊지 않았다. 그렇게 한 걸음씩 나아가다 보니 어느새 이 자리에 이르게 되었다.

나는 독자들이 만과 강, 은수, 서진 등 다양한 인물들을 통해 차별과 소외로 인한 고통에 대해 공감하고 연대의식을 키워 나갈 수 있기를 바란다. 더 나아가 그들의 고통에 단순히 공감하는 것을 넘어, '그들'의 이야기가 아닌 '나'와 '당신', 곧 '우리'의 이야기라는 데에 다다를 수 있기를 희망한다.

　이 작품을 완성하기까지 많은 사람들의 도움을 받았다. 격려와 지원을 아끼지 않았던 출판사 핌 맹현 대표님, 풍경놀이터 구본순 대표님, 송현정 작가님께 감사드린다. 세 분의 따뜻하고 든든한 지원이 없었더라면 이 소설을 끝까지 완성하기 어려웠을 것이다. 또한 이 프로그램을 통해 만난 작가와 관계자 분들께 진심으로 감사드린다. 비슷한 관심사를 공유하는 동료 작가 두 분을 만날 수 있어서 참 기뻤다. 함께 글을 쓰며 영감을 주고받을 수 있는 동료라는 존재를 만난 것은 더할 나위 없는 행운이었다. 마지막으로 언제나 나를 믿고 지지해 준 가족과 친구들에게도 깊은 사랑과 감사를 전한다.

앞으로도 그늘진 곳에 시선을 두고 마이너리티들에 대한 이야기를 꾸준히 써 내려갈 예정이다.

여류(餘流)를 조명하는 다정한 시선

인터뷰·기록 송현정

글을 쓰는 행위에 어떤 의미를 부여하고 있나요?

살면서 자연스럽게 장애는 좋은 게 아니라는 인식을 체화했어요. 어린 나이였지만 내 장애를 숨겨야 한다고 생각했죠. 중학생 때까지는 한 번도 장애를 드러낸 적이 없어요. 그 또래 여자아이들이 귓속말하는 걸 되게 좋아하잖아요. 그런데 저는 그 귓속말이 하나도 안 들렸어요. 한창 또래 관계가 중요한 때 소통의 기회를 매번 놓치고 있다는 게 저에게는 큰 스트레스였어요.

고등학교에 가자 이 스트레스가 감당할 수 있는 수준을 넘어섰어요. 학교에서 보내는 시간이 길어졌고 오해는 쌓여 갔죠. 더 이상 내 장애를 회피할 수만은 없었어요. 사실을 알리고 오해를 방지해야겠다고 생각했죠. 그런데 이야기하려고 보니 내가 알고 있는 정보는 '나는 인공 와우를 이식한, 수어를 하지 못하는 청각장애인'이라는 것뿐이었어요.

그때까지 저에게 글쓰기는 내가 좋아하는 것들을 드러내는 일이었어요. 내가 읽은 책, 즐기는 게임, 빠져들어 본 영화와 드라마 속 캐릭터가 작품 바깥세상에서 살아가는 모습이 궁금해서 상상력을 발휘해 글을 썼죠. 그런데 내가 좋아하는 것에 대해서는 술술 적어 낼 수 있으면서 정작 글로 나 자신을 드러낸 적은 단 한번도 없었다는 걸 알았어요.

막막했어요. 내가 누구인지 이야기하기 위해 먼저 내가 누구인지 알아야 했어요. 정보를 찾아 여기저기 기웃거리다 책을 읽기 시작했어요. 장애학 이론서뿐만 아니라 장애가 있는, 소수자 정체성을 가진 사람들의 이야기를 읽었죠. 닥치는 대로 읽어 나가다 보니 나에 대한 인식도 점점 확장됐어요. 비로소 내 이야기를 글로 쓸 수 있게 되었죠.

제 이야기를 하려면 충분한 시간이 필요해요. 제가 눌변이기도 하고 사람들 말을 잘 알아듣지 못할 때도 있어요. 오가는 대화를 알아채는 데 신경을 곤두세우고서 그 안에서 말할 타이밍까지 잡기란 쉽지 않아요. 그 순간에 하지 못한 이야기는 내 공간에 돌아와 차근히 글로 풀어내죠.

어디에나 자기 목소리를 내지 못하는 사람이 있어요. 기회가 주어져도 과거의 저처럼 너무 오랜 시간 침묵하고 있었기 때문에 어디서부터 어떻게 입을 떼야 할지 머뭇거리는 사람이 존재하고요. 이들에게 있어 글을 쓰는 것은 드러내지 못한 생각을 조명하는 일이에요. 그 과정 자체로도 충분한 의미가 있다고 생각해요.

첫 소설로 SF를 선택한 이유가 있나요?

글로 나를 드러낼 수 있게 되니 저절로 타인에게 관심이 확장되더라고요. 자연스럽게 소설을 탐독했어요. 읽는 것만으로 내가 겪어 보지 못한 삶에 공감하게 되는 경험이 특별했어요.

소설을 쓰기 전까지는 해야만 하는 이야기를 했어요. 대학에서 장애 인권 단체 활동을 하다 보니 성명문을 작성하고 대자보를 붙이고, 주로 힘이 실린 글을 썼죠. 그런데 불가불위의 이야기를 하다 보면 절박해지거든요. 절박하니 비장해지고 그러다 보면 피로해지더라고요. 그래서 생각을 바꿔 봤어요. 내가 보고 싶은 이야기를 써 보자. 즐겁게 쓰고 싶었거든요. 소설 속에서 만나고 싶은 인물을 하나하나 떠올리고 채워 나가다 보니 제가 하고 싶었던, 해야만 했던 이야기가 자연스럽게 드러났어요. 캐릭터를 먼저 구상하고 나니 인물이 서 있을 세계가 필요했어요. 처음부터 배경을 정해 놓은 것은 아니었고 캐릭터에 맞는 배경을 고민하다 보니 자연스럽게 SF 세계관이 그려졌어요.

소설 속 처참한 지구 환경이 가상 세계로 느껴지지만은 않아요.

소설 속 지구는 환경 오염이 극에 달하고 자원도 고갈되어 중앙에서 관리하지 않으면 곧 인류가 절멸할 위기에 놓여 있어요. 현실의 지구도 크게 다르지 않은 것 같고요. 우리 윗세대가 후손을 위해 환경을 보호하자고 외쳤다면 지금은 인류가 지구 위에서 기대 수명을 다 살고 갈 수 있을지도 장담할 수 없는 일촉즉발의 상황이라고 생각해요.

이런 상황에서도 은수의 아버지처럼 헌신적인 과학자들은 인류의 존속을 위해 각고의 노력을 하고 있죠. 온난화 완화책으로 지구와 태양 사이에 거품으로 된 차양막을 설치하는 연구가 진행되고 있다는 뉴스, 식량 부족 문제를 대비해 미래 식량을 개발 중이라는 기사를 보면 어쩌면 인류 멸종 시기가 예상보다 늦춰질 수도 있겠다는 생각이 들어요. 하지만 멸종을 막겠다는 몸부림으로 가느다랗게 유지되는 삶이 이상적일까 하는 고민은 하게 되죠. 소설 속 지구나 앞으로 다가올 지구의 모습에 대해 명확한 결론을 내린 건 아니지만 고민의 과정을 작품에 녹여 냈어요.

소설 속에 가족의 빈자리를 채우는 관계들이 도드라져요.

대학에 입학하면서부터 혼자 살았어요. 집을 떠나 보니 가족의 빈자리가 정말 크게 느껴졌어요. 한창 자아에 대한 고민이 깊은 시기였던지라 당황스럽기도 하고, 방황도 많이 했어요. 그러다 대학에서 나와 비슷한 사람들을 만난 거죠. 내가 했던 방황을 앞서 경험한 선배들, 같은 고민을 하는 친구들과 생각을 나누다 보니 머릿속이 차근차근 정리되더라고요. 동시에 제가 느끼는 외로움도 옅어지는 경험을 했어요. 나와 같은 정체성을 가진 이들은 내가 어디서도 받아 보지 못한 공감을 진심으로 전해 주었어요. 가족에게 받았던 무조건적인 사랑과는 또 다른 사랑을 느꼈죠.

이때의 경험을 바탕으로 관성으로 이어지는 기존의 관계가 아니라 따뜻함을 주는 새로운 관계에 관해 이야기해 보고 싶었어요.

다정한 사람들과 따뜻한 관계를 맺는 게 현실에서도 가능할까요.

너무나 당연한 이야기이지만, 비슷한 정체성을 가지고 있다고 해서 항상 공명할 수 있는 것은 아니라는 사실을 깨닫는 순간이 있어요. 이런 순간의 감정을 소화하며 인연을 이어 가는 것이 가족 이외의 사람들과 만나 맺는 관계의 특징 같아요. 예측하지 못한 감정이 계속해서 생겨날 수 있다는 점을 알고 있으니 현재에 충실하게 되죠.

작품에 등장하는 인물들은 제 친구이기도 하고 제가 활동을 하며 만난 활동가이기도 해요. 작품을 읽으며 독자님 주변의 누군가를 떠올리게 된다면 현실에서도 온기를 나누는 관계를 맺고 있는 걸 거예요.

소설 속 은수를 변화시킨 것도 이러한 관계들의 힘이겠지요?

물론 은수를 둘러싼 인간관계가 도드라지죠. 은수는 지구에서 만난 푸른 얼굴들, 뉴얼에서 만난 서진과 가족 이상의 관계를 맺으며 성장해요. 하지만 은수 스스로의 결단이 이 모든 관계를 가능하게 했다고 봐요. 끔찍한 악몽을 반복하면서도 본인의 흐릿한 기억을 의심만 하던 은수가 확신을 가지고 실험 데이터가 보관된 창고로 향하던 때를 은수 삶에 있어 가장 큰 성장의 순간으로 꼽고 싶어요. 두려움을 더 이상 회피하지 않기로 결정한 덕분에 많은 것들이 달라졌죠. 곁에서 함께한 푸른 얼굴들이 그 지난한 과정을 버틸 수 있도록 조력해 주었고요.

푸른 얼굴들을 보며 현실 속 경계에 놓인 존재를 떠올리게 되었어요.

저야말로 경계에 놓인 채 살고 있다는 생각이 들어요. 아무래도 장애인이라는 정체성 때문이지 않을까 싶어요. 자라는 동안 쭉 비장애인 커뮤니티에 있었어요. 그 안에서 청각장애인으로 살아가는 사람이 나 혼자뿐인 것 같아 외로움을 느꼈고요. 장애인에 대한 고정관념을 마주할 때, 한두 가지 사례를 경험한 사람들이 내 존재를 일반화할 때 가장자리로 떠밀리는 기분이에요. 모두가 당연하게 여기는 관념들에 동의할 수 없을 때 경계로 밀려난다고 느끼고요.

경계에 서니 나와는 또 다른 이유로 경계에 선 사람들과 마주하게 돼요. 나와 비슷한 사람들과 머무르는 것을 넘어 다른 배경과 지위를 가진 이들과 관계하고 나면 새로운 힘이 생겨나더라고요. 예를 들어 볼게요. 저는 예전부터 장애인 이동권에 관심이 많았어요. 당연히 보장해야 할 '권리'라고 생각했죠. 그런데 휠체어 타는 친구들과 함께하면서 이동권이 권리라는 법적 정의를 넘어 '일상'의 영역이기도 하다는 것을 새삼스레 깨닫게 되었어요. 친구들과 밖에서 만나기 위해 휠체어로 접근 가능한 식당을 찾고 가 보지 못한 카페를 개척하면서 '연대하며 힘을 합쳐야 한다'는 운동의 논리를 넘어 그냥 내 친구들과 함께 잘 살아갈 수 있는 세상을 만들고 싶다고 생각하게 된 거예요. 푸른 얼굴들이 처음에는 야생에서 견딜 수 있는 신체를 가진 외인 집단으로 시작해 갈 곳을 잃은 구역 난민을 흡수해 공동체를 확장하며 생존하는 것에도 같은 의미를 부여할 수 있을 것 같아요.

작품 곳곳에 드러난 현실의 거대 담론도 눈에 띄어요.

박상영 작가의 『대도시의 사랑법』을 좋아해요. 작품을 읽으며 완전한 타인인 등장인물에게 제가 진심으로 공감하고 있었어요. 지극히 개인적이고 서정적인 이야기에 한국 사회를 구성하는 핵심 키워드가 녹아 있는 것을 보며 감탄하지 않을 수 없었죠. 이런 글을 쓰고 싶어요.

이번 작품을 구상하면서 비주류가 주류가 되는 이야기를 쓰고 싶다는 생각이 우선이었어요. 그러다 보니 자연스럽게 거대한 주제가 등장했지만 이 문제들을 중대하게 다루고 싶지는 않아요. 한 가지 분명하게 말씀드릴 수 있는 것은 이 글을 쓰며 독자에게 어떤 주제를 전달해야겠다는 생각은 하지 않았다는 거예요. 무엇보다 인물에 충실하자는 생각으로 작업했어요.

은수가 뉴얼에 적응하는 데 서진이 큰 역할을 해 줬어요. 그래서인지 에필로그를 읽으며 서진의 안부가 궁금해지더라고요.

서진의 안부가 궁금하셨다니 반갑네요. 앞으로 진행될 이야기는 서진의 시선으로 그려지거든요. 은수는 서진 덕에 비로소 뉴얼에 정착할 수 있었어요. 새로운 세상에 적응하기 위해 노력을 시작했고 남은 삶도 기대하게 되었죠. 서로 가깝게 지낸 만큼 서진도 은수의 영향을 많이 받았을 거예요. 서진이 어릴 때만해도 지구는 역사에나 등장하는 조상들의 터전일 뿐인데다 이미 폐쇄된 행성이었어요. 하지만 은수에게 지구 이야기를 들으며 자란 서진은 자연스럽게 지구에 대한 호기심을 키워 왔겠죠. 그런 서진의 시선으로 은수가 여전히 그리워하는 지구의 모습을 보여 드리려 해요. 서진이 맺게 될 새로운 관계들도 앞으로 펼쳐질 이야기에 작용할 거고요. 은수의 흔적을 느낄 수 있는 소재도 빠트리지 않으려 해요.

작가님이 앞으로 다룰 이야기도 이 소설의 엔딩만큼이나 궁금해요.

이치가와 사오 작가의 『헌치백』을 보고 큰 충격을 받았어요. 작품 속 중증 장애 여성의 소원은 비장애 여성처럼 임신하고 중절하는 거예요. 작가 자신이 장애 당사자이기 때문에 오히려 직설적이고 폭력적으로 말할 수 있는 이야기가 있겠다 싶었어요.

제가 관심을 가져 온 인물이 애매하고 중간자적인 위치에 있는 사람들이거든요. 예를 들어 저는 장애인이에요. 수어를 거의 사용하지 않는 청각장애인이요. 사람들은 제가 청인과 농인 사이 어딘가에 존재한다고 생각하지만 사실 저는 어디에도 속하지 못하고, 중간이라고 할 수 없는 동떨어진 위치에 놓이는 경험을 굉장히 자주 하거든요. 그래서 제 경험이나 감정을 생생하게 담아낸 작품을 쓰고 싶어요. 특정 사건보다는 인물에 관한 이야기가 되겠죠. 연약한 사람들의 마음을 섬세하게 그려 내고 싶어요.

핌 소설 시리즈 02

경계의 푸른 얼굴들

초판 1쇄 인쇄 2024년 12월 01일
초판 1쇄 발행 2024년 12월 19일

지은이   최유경
펴낸이   맹수현
펴낸곳   출판사 핌
출판등록   제 2020-000269호 2020년 10월 6일

주소   서울시 마포구 신촌로2길 19, 3층
이메일   bookfym@gmail.com
팩스   02-6499-5422

편집   맹수현, 송현정, 김은화
디자인   스튜디오 하프-보틀
인쇄   천광인쇄사

ISBN 979-11-988088-6-8